シー・ラブズ・ユー

東京バンドワゴン

小路幸也

集英社文庫

目次

登場人物

堀田勘一《ほったかんいち》　79歳。明治から続く古本屋〈東京バンドワゴン〉の3代目店主。

堀田サチ　勘一の妻。良妻賢母で堀田家を支えてきたが、2年前に76歳で死去。

堀田我南人《がなと》　勘一の一人息子。60歳。伝説のロッカーで、今もロック魂は健在。

堀田秋実《あきみ》　我南人の妻。堀田家の太陽のような中心的存在だったが、5年ほど前に他界。

堀田藍子《あいこ》　我南人の長女。35歳。画家で、未婚の母。おっとりした美人。

堀田花陽《かよ》　藍子の娘。小学6年生の12歳。落ち着いたしっかり者。

堀田　紺《こん》　我南人の長男。34歳。元大学講師。フリーライターをしながら、店を手伝う。

堀田亜美《あみ》　紺の妻。34歳。才色兼備な元スチュワーデス。

堀田研人《けんと》　紺と亜美の一人息子。10歳。好奇心旺盛な小学4年生。

堀田　青《あお》　我南人と愛人・池沢百合枝の子。
堀田家次男として暮らす、26歳の旅行添乗員。プレイボーイの長身美男子。

堀田すずみ　突然堀田家に転がり込んできた、青の妻。23歳。

脇坂家《わきさか》　亜美の実家。

アキ・サチ　堀田家の犬たち。

玉三郎《たまさぶろう》・ノラ・ポコ・ベンジャミン　堀田家の猫たち。

祐円《ゆうえん》　勘一の幼なじみ。近くの神社の神主だったが、息子に後を譲り、悠々自適の毎日を過ごす。

康円《こうえん》　祐円の息子。

マードック　日本が大好きなイギリス人。画家。藍子に惚れている。

真奈美《まなみ》　近所の小料理居酒屋〈はる〉のおかみさん。藍子の高校の後輩。

藤島《ふじしま》　28歳の若さでIT企業の社長。無類の古書好きでもある。

永坂杏里《ながさかあんり》　藤島を支える美人秘書。

茅野《かやの》　定年を迎えたばかりの元刑事　〈東京バンドワゴン〉に通って十何年の、古書好き。

池沢百合枝《いけざわゆりえ》　日本を代表する大女優。青の産みの親。

槙野春雄《まきのはるお》　大学教授。すずみの父であり、花陽の父。故人。

人物関係図

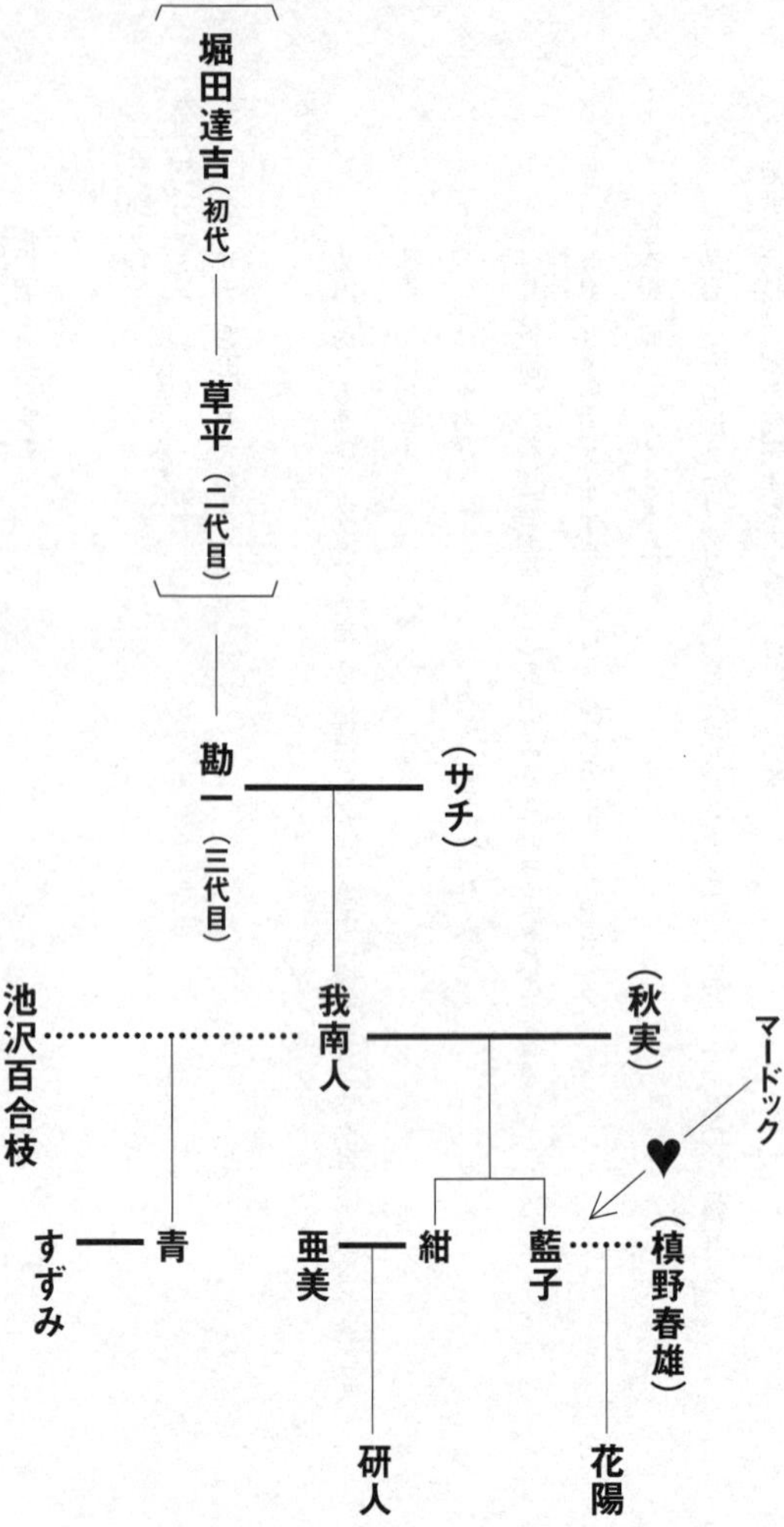
堀田達吉（初代）
草平（二代目）
勘一（三代目）
（サチ）
我南人
（秋実）
池沢百合枝
マードック
青
すずみ
紺
亜美
藍子
（槙野春雄）
研人
花陽

シー＊ラブズ＊ユー

東京バンドワゴン

こやこうやきぬるなもういっしょ。

ごめんなさい、何のことかわかりませんよね。もう大昔のことですが、祖母がよくそう言っていたのを思い出しました。

なんでも、古いものは古いものと一緒にしておけ、という意味だとか。火鉢や箪笥《たんす》や長持など昔からの持ち物は古屋《こや》と渾然一体《こんぜんいったい》になった風情《ふぜい》そのままでいじりなさんな、なんてことらしいですね。まぁきちんとさえしておけばその方がいいと言うんでしょう。

わたしが住んでいますこの辺りもそういうところが多く、それはまぁいい雰囲気なんですが、とはいえ古くさいばっかりのものを自慢気に話すのも野暮というものでしょう。東京のお寺のやたらと多い、昔ながらの町辺りとだけお伝えします。

すっかり様変わりしてしまった駅前の通りはそれはそれは賑《にぎ》やかな街の薫《かお》りでいっぱいですが、道一本脇《わき》に入って行きますと狭い小路《こうじ》に古びた家々が軒を並べています。お互いに窓から手を伸ばせばお隣さんにお裾分《すそわ》けができ、玄関から声を掛ければ向こう三軒両隣に届きます。日々賑わいを醸し出す小さな商店も軒下三寸まで店開きという風情です。

苔《こけ》むした石造りの階段では猫たちが日向《ひなた》ぼっこで眼を閉じ、狭い路地の板塀に吊《つ》るされた花鉢には色とりどりの花が咲き誇り、肩が触れ合うほどの距離で眼を楽しませてくれます。

そんな下町の一角で、古本屋〈東京《とうきょう》バンドワゴン〉を営むのが我が堀田《ほった》家です。

あぁいけません、またご挨拶《あいさつ》が遅れてしまいました。

わたしは堀田サチと申します。この〈東京バンドワゴン〉を営む堀田家に嫁いできまして六十年が過ぎ去りました。

妙な名前の店とお思いですね？　明治十八年にこの店を開きました堀田達吉《たつきち》が、親交のあった、かの坪内《つぼうち》逍遥《しょうよう》先生に名付けてもらったと伝わりますが、本当かどうかはわかりません。築七十年にもなる今にも崩れ落ちそうな日本家屋をあちこち改装しまして、玄関口を真ん中にして左側が古本屋、右側がカフェになっています。

そうそう、表看板が二つあっても煩わしかろうと、カフェの方も〈東京バンドワゴン〉で通していますが、実は〈かふぇ　あさん〉という名前があるんですよ。こちらもまた妙な名前ですが、その由来はいずれお話しすることもあるかもしれません。

由来といえば、見えますか？　古本屋の奥の壁に書かれた墨文字。あれが我が堀田家の家訓です。

〈文化文明に関する些事《さじ》諸問題なら、如何《いか》なる事でも万事解決〉

新聞社を興《おこ》して文化文明に寄与しようとしたものの、当局の弾圧やら様々な事情で志半ばで古本屋の二代目となった義父草平《そうへい》が、世の森羅万象は書物の中にある、という持論から捻《ひね》くりだしたものだそうです。他にも我が家には義父直筆の家訓が、貼《は》られたポスターや棚の陰に隠れてはいますが、あちこちの壁に書いてあります。

〈本は収まるところに収まる〉

〈煙草《たばこ》の火は一時でも目を離すべからず〉

〈食事は家族揃《そろ》って賑やかに行うべし〉

〈人を立てて戸は開けて万事朗らかに行うべし〉等々。

トイレの壁には〈急がず騒がず手洗励行〉、台所の壁には〈掌《てのひら》に愛を〉という具合です。

こんな時代にそんな家訓云々《うんぬん》はどうかとは思いますけど、我が家の皆は老いも若きもそれをできるだけ守ろうとしています。

皆さんにまたこうしてお付き合いしていただくのですから、改めて家の者を順にご紹介させていただきましょうか。

古本屋のいちばん奥、墨文字の書かれた壁を背に、帳場に控えて煙草を吹かしているのが、わたしの亭主で三代目店主の堀田勘一《かんいち》です。もう間もなく八十になろうとしているのですが、威勢の良さと気の短さは相変わらずです。さすがに多少足腰に衰えは見えるものの、わたしのところにやって来るのはまだまだ当分先でしょう。

その勘一の隣で古本の整理をしている若くて可愛らしいお嬢さんは、孫の青《あお》のお嫁さんのすずみさんです。以前にお話ししたように嫁ぐ前にはいろいろとありましたがね、もうすっかり我が家と古本屋稼業にも馴染《なじ》みまして、最近は勘一を隠居させるのではないかというぐらい、看板娘として古本屋の方を一手に引き受けています。

あぁ、ちょうどよく他の皆がカフェの方に集まっていますね。

カウンターの中で並んで洗い物をしているのは孫の藍子《あいこ》と、孫の紺《こん》のお嫁さんの亜美《あみ》さんです。元は国際線のスチュワーデスだった才色兼備な亜美さんと、どちらかといえばおっとりしている藍子のコンビは、なんですかボケとツッコミと言うんですか？　そんな感じで多少薹《とう》は立っていますけどお客さまには好評のようですね。

カフェの壁に並んでいるのは画家でもある藍子の絵なんですよ。好きこそ物の上手なれでしょうか、最近は少しずつですがお客さまにお買い求めいただけているようです。

カウンターで新聞を読んでいる金髪で長髪の男はわたしの一人息子の我南人《がなと》です。なんですかロックンローラーなるものを職業にしていまして、六十になったというのに毎日あちこちをふらふらしてまるで一所に落ち着きません。巷《ちまた》では「伝説のロッカー」などと呼ばれ未だに何かと世間様を騒がせているようですね。

そんな放蕩《ほうとう》息子からよくこんな落ち着いた性格の子供ができたと思うぐらいなのが、テーブルでコーヒーを飲んでいる孫の紺です。以前は大学講師などをしていたのですが、人間関係でいろいろあって辞める羽目になり、今はフリーライターなるものを生業《なりわい》にしています。最近は下町に関した本を出しましてご好評をいただいているとか。少しは亭主の面目を回復したのではないかと思いますよ。

その紺の横で漫画を読んで笑っているのが、もう一人の孫の青です。旅行代理店と契約する旅行添乗員で、いつも皆にお土産《みやげ》と女性トラブルを持ち帰ってきていた色男でトラブルメイカーだったのですが、最近はすずみさんと一緒に古本屋の方の手伝いをよくやっています。このまま添乗員の方は辞めようかな、などと言っていますね。

店の前の道路に出したテーブルで、お友だちと何やら楽しそうに話している曾孫《ひまご》の花陽《かよ》は小学六年生で藍子の一人娘。そして同じくお友だちとカードゲームなるものをやっている研人《けんと》は紺と亜美さんの一人息子で四年生です。この二人はいとこ同士になるのですが、生まれたときからずっと一緒に暮らしてますのでもう姉弟みたいなものですね。いつも仲が良くて元気でやんちゃで明るい二人です。誰に似たのかとても聡明で、自慢の曾孫なんですよ。

まぁこのように大勢で一緒に住んでいます我が家ですが、それなりにいろいろとありました。藍子は大学時代に妻子ある教授のお子さんを身籠《みご》もりまして、それをずっと内緒にして花陽を育てました。そうしてすずみさんは実はその教授さんの一人娘だったのですよ。ですから花陽とすずみさんは異母姉妹ということになりますね。

さらに青はと言えば、我南人が愛人さんに産ませて引き取ってきた子供でして、これも藍子や紺とは異母兄弟ということになります。我南人もまた愛人さんというのが誰なのかを青の結婚が決まるまではずっと隠していましてね。なんですかそういうのも遺伝するんでしょうか。

よくもまぁこれだけいろいろあるものだと思いますが、ともあれそういうことが全て収まるところに収まったのは、皆さんに祝福された青とすずみさんの結婚式で、ついこの間のことでした。

あぁ何やら盛大な鳴き声が家の中から聞こえてきましたね。何を騒いでいるんでしょうか。我が家には玉三郎《たまさぶろう》、ノラ、ポコ、ベンジャミンの四匹の猫と、アキとサチという二匹の犬も居るんですよ。

最後にわたし、堀田サチは、実は一昨年《おととし》七十六で皆さんの世を去りました。

どういったわけなのかはわかりませんが、今もこうして皆と一緒にこの家で過ごしています。勘一の元に嫁いで随分と楽しい思いをさせてもらいましたけど、これもまた一興と言うものでしょう。紺などはそちらの方面の勘があるらしく、ときどきは仏壇の前で話をすることもできますし、その息子である研人も時折わたしの存在を感じているようです。

こうやって、まだしばらくは堀田家の、〈東京バンドワゴン〉の行く末を見ていきたいと思います。

よろしければ、どうぞご一緒に。

㊐ 百科事典は赤ちゃんと共に

一

年の瀬もそろそろ押し迫ってきて、日毎《ひごと》夜毎に寒さが増していますね。

冬の間はどうしても寒々しくなってしまう小さな庭ですが、この秋に我が家の一員になった犬のアキとサチにとっては楽しい遊び場のようです。

観音竹《かんのんちく》の緑の葉や軒下に置いておいたシクラメンの花、紫紺野牡丹《しこんのぼたん》など冬の間も鮮やかに咲いてくれる花や草の間を二匹で駆け回りじゃれあっていますが、本当に犬は冬でも元気ですね。

我が家の先輩である猫の玉三郎、ノラ、ポコ、ベンジャミンはといえば日溜《ひだ》まりが心地よい縁側やら居間で我関せずとばかりに丸くなっています。もっともまだ子犬のアキとサチはそんなことおかまいなしに、遊んでくれる若いノラとポコに飛びかかっていくのですが。

そんな十二月の、世間様が一段と賑《にぎ》やかになった二十五日クリスマスの朝。

クリスマスだから特にということもなく、いつものように変わらず堀田家の朝は賑やかです。加えて随分と家の中が華やかに感じるのは、隅っこに置かれたクリスマスツリーのせいもあるんでしょうか。一昨日《おととい》の夜に花陽と研人が納屋《なや》から引っ張りだしてきて、一生懸命飾り付けてましたよ。

大正時代から居間に鎮座している欅《けやき》の一枚板の座卓には、藍子と亜美さんと花陽の手で朝ご飯が並べられていきます。焼魚にだし巻き玉子にワカメと胡瓜《きゅうり》の酢の物、おみおつけはお揚げに葱《ねぎ》にさつまいもに人参《にんじん》たまねぎと具だくさんにして、焼海苔《やきのり》と冷奴《ひややっこ》。

あら研人まで手伝っているのは、サンタクロースがやってきたのでご機嫌だからでしょうか。全員揃《そろ》ったところで皆で「いただきます」です。

いつものように上座には勘一がどっかと座り、その正面には我南人。そして手前側に子供たち、縁側の方に紺と女性陣。青は子供たちの側に座りますが、今はすずみさんと一緒に新婚旅行の真っ最中です。壁に掛けられたカレンダーには、明日の日付に丸印が付けられて〈青、すずみ帰る〉とメモしてあります。

「研人ぉ、サンタさんはなにを持ってきてくれたぁ？」

「あれ？　青とすずみちゃんがもう帰ってくるって」

「ウィー！」

「おい大根おろしはねぇのか」

「メール入ったの？」

「スタン・ハンセン懐かしいねぇ」

「大根おろしですか？」

「でもぉ、なんでスタン・ハンセンがクリスマスなのぉ？」

「花陽ちゃん、おネギ残しちゃ駄目よ」

「うん。なんでだろ明日だったよね？」

「わかってるってばー」

「ちょいと咽《のど》がいがらっぽいんだ。大根おろしが効くんだよ」

「何かあったのかしらね」

「スタン・ハンセンってなに？」

「あ、おじいちゃん、これがお醤油《しょうゆ》ですからね、はい」

「さっき、ウィー！　って言ったじゃないぃ？」

「あ！　なんで醤油かけんだよ大根おろしはそのまま食べるんじゃねぇか！」

「任天堂のW・i・iだよ？」

「ただいまー！」

「あれ？」

「あれぇ？」

全員がお茶碗《ちゃわん》やらお椀《わん》やらを持ったままもしくは箸《はし》をくわえたまま一斉に玄関の方に顔を向けます。今の「ただいまー！」は確かに青とすずみさんの声ですね。皆がきょとんとしながらもばたばたと玄関へ向かいます。あぁ研人ったらご飯茶碗を持ったままですお行儀が悪い、と思ったら我南人もそうですし紺はお箸をくわえています。しょうがないですね、そんなふうにしつけたつもりはないんですけど。

それにしても、あの二人はこんなに朝早く帰ってきたのですか？

「メリー！　クリスマース！」

ばたばたと玄関先に顔を出した皆が、一斉に眼を丸くしました。青とすずみさんが居ると思った玄関には、赤い服に白いお髭《ひげ》に大きな白い袋を背負った美男美女のサンタクロースが居たのです。おまけに女性のサンタはこの寒空にミニスカートです。

「青、おめぇなにしてんだ？」

「すずみ姉ちゃんカワイイ！」

つい五日前に結婚式を挙げたばかりの青とすずみさんです。旅行添乗員の青のことですから新婚旅行はさぞや凝った旅程をと思いましたがあにはからんや。お金もないのに贅沢《ぜいたく》はできないと箱根のお手頃な温泉旅館でのんびりというはずだったのですよね。それが予定を一日残して帰ってきてしまいました。

まぁとにかくは冷めないうちに朝ご飯の続きだと、青とすずみさんもサンタクロースの衣装のまま座卓に着きました。でも本当にすずみさん、サンタの衣装がお似合いで可愛らしいですね。花陽が私も着たい！　と触っています。

「で？　その格好はなんでぇいったい」

「いやそれがさ、たまたま知り合いの会社の忘年慰労クリスマス会と同じ旅館になっちゃって」

青が話し出します。なんですか昨今の不景気にも拘《かか》わらず大変業績の良かった会社でして、青とすずみさんが新婚さんだとわかるとそれはめでたいということで宴席にお呼ばれされて、おまけに余興のゲームにも参加しろと勧められたそうです。そのゲームの景品がそりゃあもう大変豪華だったとか。

「そして大当たり。すずみが勝負事に強いのはわかってたんだけど」

「そうだったの？」

亜美さんが訊《き》くとすずみさんニコッと笑ってこっくりと頷《うなず》きます。

「なんか、カンが良いみたいで、前に競馬の予想したときもほとんど的中したんです」

「え？　競馬やるんだっけ？」

時折思い出したように馬券を買って、尚且《なおかつ》ほとんど当てたことのない紺が驚いて訊きました。

「いいえ、前に遊びで、もう終わったレースの勝馬《かちうま》を」

「そうそう。試しにやらせるとカンだけで的中率九割以上」

「へぇ、そいつはすげぇじゃねぇか」

勘一が羨《うら》やましそうな顔をします。何を隠そう勘一は一時期博打《ばくち》に凝りましてね、そりゃあもう随分冷や汗をかかされたものですよ。一度手ひどい目にあってからは金輪際《こんりんざい》やらねぇとすっぱり足を洗ったのですが。

「で、もうすずみが景品総取り状態」

「その中にこの衣装もあったんです」

あまりにも会社の皆さんに申し訳ないので返そうとしたんですが、そこはそれ、若くて可愛いらしいっていうのは得ですね。皆さん「結婚祝いにちょうどいい」とおっしゃって、そのままたくさんの景品をいただいてしまってしかもサンタの衣装もある。こうなったらクリスマスの朝にさっさと帰って皆に景品をサンタよろしく配ってしまおうと考えたそうです。若いっていいですね。行動が早いというか奇抜というか。

ご飯を頬張《ほおば》りながら青とすずみさんは白い大きな袋の中から何やら取り出します。

「ほら兄貴、これ新発売のシェーバー」

「おっ、いいね」

「藍子さん亜美さん花陽ちゃんこれすごいドライヤーなんです！」

「あ、マイナスイオンの！」

「そうなんです！　皆で使いましょ！」

「研人ほら、ＤＳのソフトもあるぞ。しかも本体も。ピンクだけど」

「マジ!?」

まぁ本当に袋の中にはたくさんの品物。その他にも我南人にちょうどいいと皆が笑った薬用シャンプーとか、勘一にはこの毛糸の帽子がいいとか、アニメの人気キャラクターの目覚ましは誰が使うとかもう皆で大はしゃぎです。一台三役のホットプレートはさっそく鍋《なべ》ものに使えますし、最新式の炊飯器はおいしいご飯が炊けそうですね。それにしても全部担いでくるのは相当重かったでしょう。

「にしても青よ」

「なに？」

「どこで着替えたんだよ？　まさか箱根からその格好で来たんじゃねぇだろうな？」

「まさか」

「駅のトイレで着替えたんです。あ、そうしたらですね」

「そしたら？」

二人で顔を見合わせて笑いました。

「タクシーの運転手さんが、もうクリスマスの朝なのにサンタさん急がなくちゃ大変だって笑って、どうせ帰る途中だからってここまでタダで乗せてくれたんです」

「メリークリスマスってね」

あら、まぁ駅からは初乗りの料金で着く距離ですけど粋な運転手さんですね。わたしたちなどの年代はクリスマスには縁がなかったんですが、皆がそういう気持ちになれるのでしたら小難しいことは抜きにして、日本のクリスマスもいい行事ですよね。

朝ご飯も終わり、皆がそれぞれに準備をして店開きです。

昨晩は随分と冷え込みましてね、今朝《けさ》は今年初めての雪が降るとかの話もあったのですが、残念ながら降りはしませんでした。お天気も良くなって気温も上がりそうです。

クリスマスだというのにいつものようにお年寄りの常連さんがお店の前で待っていますね。我が家の年末年始の営業は、暮れは二十八日まで。二十九、三十、三十一日と大掃除と年越しの準備に追われ、明けてお正月は三が日をしっかりと休み、四、五日あたりは新しい年の準備をして六日からの営業です。

この夏まではね、以前お話ししましたように亜美さんのご実家である脇坂《わきさか》さんのところと絶縁状態だったのですが、仲直りをした今年は晴れて里帰りもできます。といっても同じ都内なので日帰りですが、研人はともかく花陽もお年玉が貰《もら》える！　と喜んでいましたね。

　昨日今日はカフェの方で藍子と亜美さんと花陽の女性陣で作った手作りクリスマスケーキもメニューに出しています。古本屋の方でも、これはすずみさんの提案でクリスマスプレゼント用にぴったりの本を選んで一週間ほど前からいくつか並べています。お買い上げいただいたお客さまには赤と緑のクリスマスにちなんだ包装をしてお渡しするんですよ。

　夜には少しばかりですが豪華なお食事も作り、脇坂さんとマードックさんも呼んでパーティをやろうと計画しているようです。毎年家族だけでやってはいましたが、今年は人数も増えてこれも花陽や研人が楽しみにしていました。きっと賑やかな夜になるでしょうね。


「よぉ成古堂《せいこどう》の」

「ご無沙汰《ぶさた》してます」

　神主を息子の康円《こうえん》さんに譲って悠々自適の祐円《ゆうえん》さんと一緒に店にやってきたのは、三丁目の成古堂という骨董《こっとう》屋さんのご主人。こう言っては可哀相《かわいそう》なんですが老け顔でしてね、勘一や祐円さんと同年代に見えてしまうんですが、まだ五十歳という若さなのですよ。

「揃って珍しいな朝っぱらから」

「いやなにね」

勘一とは幼なじみの祐円さん、藍子にコーヒーを頼んでからどさっと勘一の居る帳場に座ります。祐円さんにはカフェと古本屋の境目は関係ありません。成古堂のご主人、伊藤《いとう》さんとおっしゃるんですけど、帳場の前に置いてある小さな丸椅子《まるいす》に座りました。

「伊藤ちゃんがな、負けが込んでたものをようやく返せるっていうからさ。クリスマスプレゼント代わりに受け取って、じゃああったかくなった懐でコーヒーでも奢《おご》ってやろうかってね」

祐円さんに指さされて伊藤さんが苦笑しました。負け、というのはたぶんマージャンのことですね。祐円さんも伊藤さんもマージャン仲間です。我南人もときどき交じってますよね。

「神主にクリスマスは関係ねぇだろうよ」

「なーに、同じ神さんには変わりないって」

「しかし年明け前にすぱっと借金返すとは律義じゃねぇか成古堂」

「いえ。たまたまこちらも溜まった売り掛けを回収できたんです。じゃあもう身ぎれいにして新年を迎えようかと」

「いい心掛けだな」

確かにいい心掛けですけど、マージャンの勝ち負けで借金というのは正直なところ感心できませんね。まぁ大した金額ではないでしょうから大目にみますけどね。

大きな身体《からだ》の方がのそりとカフェに入ってこられました。カウンターでコーヒーを飲んでいた我南人が気づいて「よぉー」と声を上げます。篠原《しのはら》さんところの新《しん》ちゃんじゃありませんか。お久しぶりですね。相変わらず立派な体格で、座った椅子がまるで子供の椅子みたいに見えます。

「随分朝早いねぇ」

「なにちょいと遠くの現場に行っててさ。朝帰り」

我南人の後輩、といっても小学生の頃からですから幼なじみと言ってもいいですね。建設会社の社長の新ちゃんですが、以前にいろいろとありましたケンさんが管理人をしているマンションも新ちゃんの会社の持ち物です。あのときはケンさんの仕事についてお世話になりましたよ。

「新一郎さん、コーヒーでいいですか？」

「あぁ藍ちゃん、相変わらずキレイだね」

社長さんですからね。愛想もいいし口も上手《うま》いし。藍子や紺が小さい頃はふらふらしている我南人に代わって、二人を遊園地に連れていってくれたこともありましたよね。

花陽と研人はもう学校が冬休みに入りました。花陽は宿題を片づけたりお友だちとの約束で忙しいようです。研人はクリスマスプレゼントに貰ったなんとかいうゲームで遊びたいのですが、朝っぱらからゲームなんかしてんじゃねぇよと勘一に怒られますのでお昼過ぎまで我慢。近所のお友だちの家に出かけていきました。

我南人は新ちゃんとあれこれ話しているうちに一緒にふらりと出ていって、どこに居るのか皆目見当が付きません。時折連絡を寄越すレコード会社の方や事務所のマネージャーの方は、いったい何処《どこ》にいるんですかといつも泣いているんですが、まぁそれも長年のことなので慣れっこですね。

紺と青は大掃除の下準備で書庫である蔵の中に入っていきました。冬の間はまるで冷蔵庫のようになってしまう蔵ですが、あまり冷たくなって温度差が激しくなっても本の保存には向きません。中にはオイルヒーターを置いて、少しばかり暖めます。大掃除といっても全部に手を付けてしまうと大変なことになりますからね。今年はどこら辺りに手を付けるかというのを、今までの大掃除の記録から勘定します。

紺は、最近原稿書きのお仕事が忙しいらしく、古本屋の仕事は徐々にですが青に任す部分も出てきているようですね。元々文章を書くことが好きだった紺ですから、ここは頑張りどころでしょう。いつまでも祐円さんに「働き者の嫁さんにうだつの上がらない亭主」と馬鹿にされたくはないでしょうし。

からんころん、と音がして古本屋の方のガラス戸が開きました。最近になってようやく慣れたのですが、あのころころとした音は玄関に新しく取り付けた土鈴《どれい》なのですよ。それこそ成古堂のご主人の伊藤さん、時折この古くさい店にぴったりの物が入ったと言って持ってくるのですが、あの土鈴もそうなんです。すずみさんがあの音を大層気に入ってしまったんですよ。

続いてコツコツとハイヒールの音が響きます。上等そうなスーツを着こなしたお嬢さんで、随分とお綺麗な方ですよ。そこらのモデルさんも裸足《はだし》で逃げ出しそうなほどですが、あんまり古本屋には似合わないかもしれません。

「あの、お忙しいところ恐れ入ります」

「はいよ」

「ご主人の堀田勘一様でしょうか」

お綺麗な方に様付けで呼ばれて勘一は仏頂面をします。さて、こんな美女がお店にやってくるときは用心なのですよね。今までは大抵は青を慕ってやってきた方で、そしてまた大抵はお引き取り願わなきゃならない方だったんですが、ここんところはさすがにご無沙汰でした。あぁ、しっかりと笑顔は作ってますが、すずみさんの頬がほんの少し強《こわ》ばってますよ。

「様って柄じゃねぇけどよ。確かに堀田勘一だがね」

「申し訳ありません」

お嬢さん、さっと手付きも鮮やかに名刺を差し出します。

「いつも社長がお世話になっております。私、秘書をしております永坂《ながさか》と申します」

「ひしょお？」

勘一が名刺を受け取ります。永坂杏里《あんり》さんとおっしゃるんですね。あぁ、これは常連の藤島《ふじしま》さんの会社の名刺じゃありませんか。さすが六本木ヒルズに会社を構えるＩＴ企業社長の藤島さん、秘書がいらっしゃるんですね。しかもこんなにお綺麗な。

「おう、藤島のか」

「はい」

お嬢さん、にっこりと微笑《ほほえ》みます。笑うと笑窪《えくぼ》ができました。美しく整った顔立ちですがぐっと親しみやすくなります。

「なんだよ堅苦しい。最初からそう言やぁいいんだよ」

「申し訳ありません。くれぐれも粗相のないようにと申しつかって参りましたので」

「粗相ねぇ」

勘一が眉《まゆ》を顰《ひそ》めて永坂さんを見ましたよ。そういう品定めをするような目付きは本を見るときだけにしてくださいといつも言ってたんですけどね。悪い癖です。

「で、どしたい。わざわざ秘書さんを寄越すなんてよ」

「はい」

なんでも以前から藤島さんが探していた本を入手したと紺から電話が来たらしいのです。一刻も早く買いに行きたいんだけど仕事が忙しくとてもそれどころじゃない状況だとか。

「へぇそうかい。すずみちゃん聞いてるかい」

「はい、聞いてます」

すずみさんが帳場の横の取り置きやら整理する本を置いておく棚から、一冊取り出して勘一に渡しました。

「これですね」

「どらどら。おぉ中村武志さんの『著者多忙』か。懐かしいな、読んだ覚えがあるよ」

「可愛い装幀《そうてい》ですよね」

「えらく状態がいいなぁ。こいつはいつ頃の本だった」

勘一が奥付を見ます。昭和三十六年ですか。まだ勘一が三十代の頃ですね。

「こりゃ掘り出し物だ。それであんたがお使いかい」

「はい」

「いくらって言ってたって？」

「三千円とお聞きしていますが」

ちょいと頭を捻《ひね》りました。

「まぁそんなもんか。藤島ならもうちょいとぼったくってやりたいところだがなぁ」

そんなふうに言うものではありません。永坂さんがますます緊張するじゃありませんか。

「あの、それで、こちらが前回購入した本の感想文だそうです」

永坂さん両手で封筒を差し出します。勘一が苦笑しました。まだお若いのに無類の古書好きでもある藤島さん、もう何年前になりますかね、最初に我が家にやってきたときにここの本を全部買い上げると言って勘一に「金に物言わせて買い漁《あさ》るような奴《やつ》に売る本はねぇ！」と、そりゃあもう怒られたのですよね。確かにお金持ちですが、根は良い青年の藤島さん。すっかり反省しまして、一冊買ってそれについての感想文なりレポートを書いてそれが良ければまた売ってもらうという約束を勘一として、以来それをずっと続けているのです。

「まぁいいさ。そういうことなら、ほら持っていきな。感想はまぁまぁだと伝えておいてくれ」

「あの、お読みになってからでは？」

「本人ならなぁ、読んでくだらなかったら突っ返すところだけどよ。あんたみたいな別嬪《べっぴん》さんに来られちゃあそういうわけにはいかねぇだろ」

すずみさんも横で笑っていますね。

「クリスマスプレゼントってことにしといてやるさ。藤島の野郎には内緒だぜ。調子に乗っていつもこの手でこられちゃつまらねぇからな」

永坂さんも苦笑して頷きました。丁寧にお礼をされてしかも菓子折りまで出してきましたよ。

「なんだよ仮にもお客さんからそんなもの受け取れねぇよ」

「いいえ、あの、これは私が個人的に」

「個人的に？」

永坂さん、にっこりと微笑みます。

「社長はこちらに伺うといつも機嫌が良いんです。私たちはできれば毎日でも行ってきてほしいと思ってるぐらいで、あの、ほんの感謝の気持ちです」

まぁ感謝の気持ちと言われますと無下《むげ》にも断れませんね。勘一も渋々受け取りまして、すずみさんと一緒に店頭まで出て見送りました。

永坂さん、後ろ姿も颯爽《さっそう》としてらっしゃいますね。

「カッコいいですねぇ」

「まぁ、すこぶるいい女だな」

「藤島さんと並ぶとお似合いでしょうね」

そうさなぁ、と言いながらも勘一は少し渋い顔で腕組みしました。その様子にすずみさんが怪訝《けげん》そうな顔をしましたね。

「どうかしましたか？」

「いやな」

勘一がすずみさんの方に少しだけ顔を寄せて声を潜めます。

「前からちょいと気になってたんだけどよ」

「はい」

「藤島の野郎な、藍子に惚《ほ》れてんじゃねぇかと思ってたんだけどよ」

すずみさんの「えぇーっ！」という声が響きました。

「馬鹿野郎声が大きいよ！」

すずみさん、慌てて自分の両手のひらで自分の口をふさぎます。そのまま何やらもごもご言ってますね。

「聞こえねぇよ。手を外せよ」

「あ、すいません。旦那《だんな》さんそれは、藤島さんに聞いたんですか!?」

「いや」

顰《しか》め面をして、永坂さんが歩いていった方を眺めました。

「ただのカンだけどよぉ。しかしまぁあんな別嬪さんが近くに居るんだったらそれはねぇかなぁ」

「そうですよ。藤島さん、藍子さんより七つも年下ですよ？」

まぁ惚れたはれたには年の差は関係ないですが、さてわたしはまるで気がつきませんでしたけどねぇ。勘一は何の根拠もなしにそんなことは言わないと思いますが、どうなんでしょうか。

それはともかくとして、すずみさん。勘一のことを旦那さんと呼ぶのはなんとかした方がいいとわたしは思うのですがね。

本人曰《いわ》く。

「一緒にお店に居るのにおじいちゃんと呼ぶのもピンと来ませんし、かといって店長とか社長とかもおかしいでしょうし、古本屋には〈旦那さん〉がピッタリかなぁと思ったんですが」

なんだそうですよ。勘一本人はなかなか気に入ってるようですけど、なんだかすずみさんがお手伝いさんみたいですよねぇ。

二

そろそろ日も暮れようかという頃、古本屋の玄関を開けておずおずと入ってきたのは若い学生さん風の男の方。どこかでお見かけしたお顔ですけど、さて、どなたでしたでしょうか。勘一が眼鏡《めがね》の奥からぎょろりと様子を窺《うかが》います。

「いらっしゃい」

「あの、こんちは」

少しばかり親しげな挨拶《あいさつ》に勘一も訝《いぶか》しげに顔を向けます。

「あの、そこの」

「ん？」

「隣のアパートの」

「おお」

勘一がハタと膝《ひざ》を打ちました。わたしも思い出しましたよ。隣の、と言っても取り壊して更地になっている我が家の隣の空き地のそのまた隣に建つ曙荘《あけぼのそう》というアパートに住んでいる方です。たまにですがカフェの方に顔を出してくれてますよね。

「曙荘の学生さんだったな」

「そうです」

曙荘は、大昔は仲本《なかもと》さんという近所でも評判のおしどり夫婦が学生相手の下宿屋さんをやっていましてね。一時期はそれはもう若い方がたくさん集まって賑やかなところだったんですよ。古本屋の方にも随分といろんな学生さんが来てくれましたよね。

何年前でしょう、かれこれ十年になりますか。お二人ともお亡くなりになってからは少しばかり改装して普通のアパートになったんですよね。すっかり古びてしまって毎年のように取り壊しのお話が出るようですが、味のある建物ですから残してほしいと思うのですけどねぇ。

「なんだい、売り物かい」

「そうなんです」

見れば学生さん、重そうな本を分けて紐《ひも》でくくって両手に持っていますね。何かの全集でしょうか。

「どれ、見せてみな」

学生さんが頷いて帳場の上に置きますと、勘一の眼がちょいと大きくなりました。

「ほぉ『古事類苑《こじるいえん》』かよ」

あら、それはまた立派なものを。『古事類苑』と言えば明治の頃に編纂《へんさん》された百科事典のようなものですよね。明治時代以前の様々な文献からいろんな項目別に分けて採録したものです。紐でくってはありますが、角が折れたりしないようにきちんと段ボールで当て紙をしています。この学生さんがやったのなら、若いのになかなか気の利く方ですね。勘一が嬉《うれ》しそうに紐を解《ほど》いていると、家の方で何か片づけものをしていたすずみさんもやってきました。

「『古事類苑』ですか？」

「おうよ。洋装の六十冊版で全巻揃いと」

「状態もいいですね」

「あぁ、きちんと保存してあったんだろうな」

政治部、歳時部、植物部と項目別に分けられた本の何冊かを開いているうちに、勘一の表情が少しばかり渋くなりました。

「こりゃあなかなかいいもんだけどよ、学生さん」

「はい」

「あんたみたいな若いもんが、全巻揃いを持ってるってのは珍しいな」

勘一に睨《にら》まれた学生さん、ちょっと困ったように笑いました。昨今は万引きしたものをそのまま古本屋に持ち込むという人も多いんですよね。なんでもかんでも疑うというのは悲しいことですが、確かにこんな若い方がねぇ。でも、真面目《まじめ》そうな方ですよ。着ている服こそジーパンが破れていたりチェーンのようなものが付いていて当世風《とうせいふう》ですけど、佇《たたず》まいや仕草にはしっかりとしたものを感じますよ。

「あの、死んだおじいちゃんに貰ったんです」

「ほぉ」

今度は恥ずかしそうに笑いました。

「かなりいいものだから、金に困ったときには売れって言われて、あの」

勘一が、がははと笑います。

「年の瀬も押し迫って、いよいよそのときというわけかい」

学生さんも頭をぽりぽりと掻《か》いて苦笑いです。

「これ、おじいちゃんの手紙なんですけど、もし売るときになんか疑われたら見せろって」

「へぇ、どれどれちょいと拝見」

学生さんが手渡したのは一枚の便箋《びんせん》ですね。すっかり古めかしくなってしまった紙に、なかなか達筆な字で何事か書いてあります。

『この品々、小生が真っ当な手段で手に入れたものである事に間違い御座いません。孫に遺品として遺しますが、金に窮したときには直ちに売っても構わないと言い残しておきます。遺したものを孫が金品に替える際にはよろしくお取り計らいの事お願い申し上げます。　増谷誠一郎《ますたにせいいちろう》』

「なるほど、誠一郎さんってのがじいさんの名前かい」

「はい」

「確かに、そう書いてあるなぁ」

そうですね。決して怪しい出所のものではなく、自分が購入したものであると。よろしく用立ててやっていただきたいとも書いてありますね。孫のことを思いやるお祖父《じい》さんの気持ちが伝わってきます。

「じいさんの形見だろうが、本当に売っちまっていいんだな？」

「はい。お願いします」

勘一が大きく頷きます。

「しかしな、確かに結構な代物だけど、今となっちゃあそんなに高くは買い取れねぇんだ」

「そうなんですか？」

「そうさなぁ」

ここで勘一、すずみさんを見ます。

「どうだいすずみちゃんよ、いくらで買い取る？」

「えーと」

すずみさん、ちょっと天井を見上げて考えます。

「サンタさんの粋な計らいってことで、十万ではどうでしょうか」

十万と言われて勘一は苦笑します。そうですねぇ、いいとこ七万か八万と言いたいところですが、困っているという学生さんですからね。

「まぁ、しょうがねぇか。ご近所のよしみもある。年末出血大サービスで十万でどうだい」

「あ、はい。いいです」

学生さんがお礼を言ってお金を受け取り帰っていきまして、本は後から整理するために一度奥の棚に置かれました。

「しかし今どき金に困ってこんな本を売る学生ってのも珍しいな」

勘一がすずみさんに言いました。

「そうですね。漫画とかならよくあるんでしょうけど」

「そういうのは小遣い稼ぎだろうよ。今の奴ぁ本当に金に困ってるんじゃねぇか？　そうでなきゃじいさんの形見を売っぱらっちまおうなんて考える男には見えなかったがなぁ」

すずみさんと勘一は買い取り票を見つめます。本を売りに来た方には必ず書いていただくお名前やご住所がそこにあります。増谷裕太《ゆうた》さんですか。二十二歳ってことは、まともに行けば大学の四年生ですかね。

「十万ってのは学生にとっちゃ相当けっこうな金額だと思うんだけどよ、あいつちょいとがっかりした顔をしてたよな」

「そういえば、そうですね」

どんな事情があるのでしょうねぇ。少々心配ですけど、他人様《ひとさま》のことにそうそう首を突っ込むわけにもいきませんしね。

*

マードックさんがカフェの方に顔を出してそのまま家の中に入っていきました。家の中でゴロゴロしていた研人が嬉しそうに顔を上げます。

「マードックさん、なにその荷物」

「やさいやくだものや、おにくですよ」

そうですね。マードックさん何やら食材をたくさん抱えてやってきました。

「どうすんの？」

「こんばん、Christmas の party ですよね」

ご近所でアトリエを構えるイギリス人のマードックさん。版画や日本画が専門で、美術展などにも入選する素晴らしい芸術家なんですよね。同じように美術の道を歩む藍子とは時々二人で一緒に絵を描いている姿も見られます。さすがイギリスの方ですから、英単語のところだけ英語の発音になりますね。研人がこくんと頷きました。

「ぼくがりょうりすこしおてつだいして、つくるんですよ。England のおりょうりとか」

「そうなの？」

話しているうちに花陽もその声を聞きつけて二階から降りてきました。あら、エプロンをつけて腕まくりをしてますね。

「かよちゃん、じゅんびいいですか？」

「オッケー！」

一人暮らしも長いマードックさん、もちろんお料理は得意なんでしょうが、今年は勘一のお許しも出ているということで、お国のイギリス風のクリスマス料理をたくさん作ってくれるそうなんですよ。そういえば、藍子がマードックさんとイギリスに行くのはいつになるんでしょうかね。二人で一緒に絵画の二人展を開くらしいのですが、まだ藍子はふんぎりがつかないのでしょうか。

あぁ、藍子が店からやってきました。

「マードックさん、すみません」

「いいえ、なんでもないです」

「お手伝いしますよ」

ほどなくして亜美さんもやってきました。カフェの方は暇な時間帯ですからすずみさんにお任せしたようですね。すずみさんがお嫁に来てくれたおかげで随分楽になりましたよね。花陽も家のことをちゃんと手伝うようになってきましたしね。

紺と青が縁側で一服してますがひと休みでしょうか。台所の方の賑やかさに眼をやっています。

「あれだね、紺ちゃん」

「なに」

煙草盆《たばこぼん》をつっと引き寄せて青が言います。ポコが青の膝の上でゴロゴロ言ってますね。

「藍ちゃん、もういいんじゃない？」

「いいって？」

煙草の煙をふーっと吐き出しながら青が言います。

「すずみもすっかり馴染《なじ》んだし、花陽は最近随分大人っぽくなってしっかりしてきたし」

「イギリスか？」

「そう」

紺がうーんと唸《うな》ります。

「考えてるんだけどなぁ」

「俺《おれ》とすずみがいればカフェの方も古本屋の方も手が足りるじゃん。俺だって接客業はお手の物だし。そうすれば紺ちゃんだって書き物に専念できるし」

「そうだな」

そうですね。青がカフェに立てば今度は女性客が増えるかもしれないですね。

「そのままイギリスに住んでしまっていいぐらいにしてやんないと、ふんぎりつかないかもよ。俺らがさ、後押ししなきゃ」

「あぁ」

二人で煙草をくゆらせながら、台所の藍子の背中を見つめます。なんだかんだいって仲の良い姉弟ですから、藍子の行く末が心配なんでしょう。弟である自分たちは曲がりなりにも妻を娶《めと》って幸せになった。姉である藍子にも、今度こそ幸せになってほしいと思うんでしょう。

「ま、それにしても」

紺が煙草の灰をポンと指で落として、台所の方へ眼をやりました。

「マードックさんはもうちょっと強引な方がいいよな」

「まったくね」

三

秋の日はつるべ落としと言いますが、冬の夕方はそれよりもっと早くあっという間に辺りが暗くなってしまいます。マードックさんや花陽、藍子と亜美さんが台所でパーティの準備をしているうちに家の中では明かりが灯《とも》されて、蔵の片づけを切り上げた紺と青が居間でお茶を飲んでいます。縁側で眠っていたサチとアキが何かの気配で目覚めましたね。

なんでしょう、すずみさんが怖い顔をしてやってきましたよ。

「どうした？」

何も言わずに口をぱくりと開けて、カフェの方を指さします。その様子に、ただならぬものを感じたのか二人とも眉を顰《ひそ》めながら訝しげにカフェに向かいます。

あら、脇坂さんご夫妻じゃありませんか。亜美さんのお母様もお元気になられて良かったですね。しかし、なんでしょう。テーブルの傍《そば》にお二人で立って椅子の上の何かを眺めています。紺と青が挨拶しようと口を開けた瞬間、奥様が人差し指を立てて「しーっ」という仕草をします。

皆が見つめる椅子の上には、あらっ？

「赤ちゃん？」

紺が小声で呟《つぶや》きました。その途端にどすどすと古本屋の方から足音がして、勘一の声が響きました。

「おい！　紺！　ちょっとこれ！」

その場にいる全員が振り返りざまに口に人差し指を立てて、「しーっ！」と勘一の動きと声を牽制《けんせい》します。口を開けっぱなしにして勘一はそのまま固まってしまいましたよ。

「捨て子ぉ？」

「じいちゃん、声大きいって」

「おお、すまん」

赤ちゃんはおくるみに包《くる》まって、すずみさんの膝の上ですやすや眠っています。脇坂さんご夫妻にマードックさん、それと我が家の皆が居間で赤ちゃんを囲んでいます。我南人を除いてですけど。

実にしっかりした顔の可愛らしい女の子ですよ。何ヶ月でしょうねぇ。こんな赤ちゃんを見るのも久しぶりですけど、ようやく首が据わった頃合いですから、まだ三、四ヶ月ってところでしょうか。赤ちゃんを見ているとどうしても顔がほころんでしまいますね。

「すいません、私が気づくのが遅くて」

すずみさんです。

「かわいいあかちゃんですね」

「若い女の客だったんだな？」

「そうね。まだ二十歳《はたち》そこそこって感じの」

藍子の言葉に亜美さんも頷きます。

「今風の女の子よね。初めて見る顔だなぁと思いましたけど」

「私たちが来たときには店には誰も居ませんでしたね」

脇坂さんです。奥様もこくりと頷きます。

「私が亜美さんと交代でカフェに入ったときにはまだ居たんです。後ろ姿しか見てませんけど」

すずみさんです。どうやら皆の話をまとめますと、若いお母さんがカフェにやってきて、入口近くのテーブルに座りました。お水やカフェオレを持っていった藍子の話では赤ちゃんは傍らの籠《かご》の中ですやすや眠っていたそうです。十分かそこらもした頃に藍子と亜美さんが家の中に入っていって、代わりにすずみさんがカフェに。すずみさんがちょっと片づけ物をしていて目を離し、再びそちらを見ると、若いお母さんの姿は消えていました。さて、トイレにでも行ったのかと思っていましたが、いつまで経っても帰ってきません。トイレにも居ません。赤ちゃんだけがすやすやと籠の中で眠っていました。

そうやって十五分も経った頃に脇坂さん夫妻がいらしたのですね。

「そういえば、ぼくがきたときぐらいには、いましたね」

マードックさんが言って、勘一が時計を見ました。

「で、もう一時間か」

「そうですね」

全員がむゥと考え込みました。一時間もの間、赤ちゃんを放っておくということはもうそれしか考えられませんね。

「買い物に行ってるとか」

青です。

「何にも言わねェで行くかよ」

「わかんないよ最近の若い女は。何考えてんのかわかんないのはたくさんいるんだから」

まだ若い青が言うのもなんですけど、確かにそうですね。わたしたちの常識ではもう考えられないことをしでかす方は本当に多いようです。

「警察に電話しようか」

紺が言います。皆が曖昧《あいまい》に頷いていると、脇坂さんの奥様、佳代子《かよこ》さんですが、赤ちゃんの寝ていた籠をあれこれ見ていて声を上げました。

「あのね、亜美」

「なにお母さん」

亜美さんが答えます。

「この、赤ちゃんの籠なんだけど」

皆がそれを見ます。

「とても、ちゃんとしたものなのね。そして赤ちゃんに掛かっていたこの布も赤い布で手作りなのよ」

「ほぅ」

勘一が手に取ってみました。確かにそうですね。既製品ではありません。

「粉ミルクもほ乳瓶もきちんと外出分はこうして布バッグに入れられて、こうして見るととてもしっかりとしたお母さんか、あるいはご家庭のように思うんですよ。赤い布っていうのは、赤ちゃんが丈夫に立派に育ちますようにっていう思いを込めて使うものなんですよ」

あぁ、そうですね。わたしたちの頃は皆そうでしたよ。赤い色は魔除《まよ》けにもなると言われていましたしね。

「それで？」

いつもてきぱきとした亜美さんですが、お母さんの佳代子さんは反対におっとりとしてのんびりとした話し方をされます。亜美さん少し急がせるように訊きました。

「こういうちゃんとした準備をしてるお母さんが、何の考えもなしに、お店に自分の子供を置いていくとは思えないんですけど、どうでしょうね」

亜美さんではなく勘一の方を向いて言いました。どうでしょうねと問われて勘一もむぅと考え込みました。奥さんの話をじっと聞いていた脇坂さんがちょっと手を上げます。

「どうでしょうね。私が言うのもなんですが、まだいなくなって一時間ちょっと。何か事情があるのかもしれません。騒がずにもう少し待ってみてはいかがでしょう。幸い」

脇坂さんがぐるりと周りを見回します。

「赤ちゃんを育てた方々はたくさんいらっしゃいますし」

皆が微笑みました。そうですね、佳代子さんに藍子に亜美さん。紺だって青だって花陽や研人が小さい頃はそりゃあよく面倒を見たものですよ。おむつ替えもミルクをやるのも手慣れたものでしたよね。

そこで、紺が思いついたようにポンと手を打ちました。

「じいちゃん」

「なんでぇ」

「まさか、この子、親父《おやじ》の」

全員が、あ！　と口を開けましたよ。我南人ですか。すっかり忘れてましたがまた隠し子とかでしょうか。

「いやおい、二十歳そこそこの娘さんだろ？　いくら我南人でもよぉ」

そう言いながら勘一はさらに思いついたように「あ！」と青をギロッと睨みました。つられて皆も青を見ました。その視線に青が慌てます。

「違うってじいちゃん！　俺は無実！　そんな覚えはまったくないって」

疑われてもしょうがない男性が家に二人も居るというのは、本当にもう困ったものです。誰の血筋なんでしょうか。少なくとも勘一は女性にだけは縁がなかったのですけどね。まぁそう思っているのはわたしだけかもしれませんけど。

何はともあれ、放っておくわけにもいかない。かといって何か事情があって我が家に置いていったというのもあるのかもしれないと、もうしばらくは我が家で預かることにしました。もちろん、警察の方にはね、近所の交番にいる岩田《いわた》さんにちゃんと伝えておくことにしました。お母さんの顔を見ている藍子と亜美さんが出かけていって、これこれこういうわけで我が家に赤ちゃんを置いていかれたと。お母さんの人相や服装などを伝え、もうしばらくは我が家で預かっておくと。

そこの交番でもう十年も居ますかね。四十を越えたばかりの岩田さんも頷いていましたよ。

「取りあえず今夜一晩というのはどうでしょうか。規則としては二十四時間以内にあちこちに届けを出して保護をしなければならないのですが、堀田さんのところなら安心でしょう。明日の朝になってもそのお母さんが戻らないのであれば、ということで」

取りあえずパトロールでそれらしき女性を探してみると言ってましたね。

「名前、なんていうんでしょうね」

すずみさんがにこにこしながら言います。花陽や研人に接する様子からもわかってましたが、すずみさんは随分と子供好きみたいですね。三人目の曾孫《ひまご》の顔も案外早く見られるのかもしれません。

青が籠に入っていた持ち物を調べてみて、ほ乳瓶を入れておくお手製の袋に〈SAYO〉と縫い取りがあるのを見つけました。

「〈さよ〉ちゃんかな?」

「かわいい guest がふえましたね」

マードックさんもにこにこしてます。お店の方は早仕舞いしてしまってクリスマスのパーティです。赤ちゃんは隣の仏間の方に連れていってすずみさんと男性陣にまかせて、食卓の準備ですね。研人もにこにこしながら目を覚ました赤ちゃんのほっぺなんかをつついています。

「そういえばじいちゃん」

思いついたように紺が言います。

「おう」

「さっき、赤ちゃんを店で見つけたときに、なんか騒ぎながら入ってこなかったっけ？」

勘一がぺしん！ と腿《もも》を叩《たた》きました。

「それよ！」

勘一が慌てて店の方から本を一冊持ってきました。あら、『古事類苑』の中の一冊ですね。泉貨部《せんかぶ》ですから、お金のことについていろいろと文献を集めたものです。

「見てみろよ」

勘一に手渡されて紺は本をぱらぱらとめくります。

「いい本じゃない。あれ？」

紺の上げた声に青もすずみさんも紺の手元を覗《のぞ》き込みます。あらっ。

「なんだこれ？」

本に穴が開いています。いえ、何かで開いた穴というわけではなく、四角にくり貫《ぬ》かれているのですよ。

「一冊一冊確かめていたらこいつが出てきてな」

なんでしょう。綺麗にカッターで切ったようにくり貫かれていますね。昔、本に拳《けん》銃《じゅう》を隠すためにくり貫いて入れておく、なんて探偵小説を読んだことがありますけど、もちろん拳銃は入っていませんね。空っぽです。

「何ページぐらい？」

青に問われて紺が数えます。四十ページほどもありました。

「売り物になりませんね」

すずみさんの言葉に勘一が憮然《ぶぜん》として頷きます。

「せっかくの全巻揃いがばら売りになっちまうな」

でもよぉ、と勘一はすずみさんに話しかけます。

「あの学生、裕太とか言ったか？　呼びだしてとっちめてやろうとも思ったんだけどよ。これを知ってて黙ってるような奴には見えなかったと思ってな」

すずみさんも頷きます。

「そうですよ。真面目そうな人でしたよ。知ってたら言ったと思います」

「何の話？」

食卓の方に料理がどんどん並べられていきます。マードックさんの作ったというローストチキンやミンスパイというものにクリスマスプディング、サラダやパスタ、温かいホワイトシチューなど、クリスマスらしい料理がずらりです。仏壇にもわたし用にと小皿に盛られたものが研人の手で載せられます。ちらっとわたしの方を見てにっこりします。いただけないのが残念ですけどごちそうさまですね。

「我南人はどうしたよ？」

「まだ帰ってきませんね」

「しょうがねぇなぁ」

なにはともあれせっかくの料理が冷めないうちにとシャンパンが抜かれました。花陽と研人にはお子様用のシャンパンですね。日本酒が好きな勘一ですが、このときばかりは皆に付き合ってシャンパンを飲みます。

マードックさんの「Merry Christmas!」という素晴らしい発音の挨拶で皆で乾杯です。脇坂さんが研人と花陽に冬物の可愛らしいコートと図書券をクリスマスプレゼントとして持ってきてくれました。藍子は花陽と研人にそれぞれの肖像画。これは毎年描いていますね。成長が見えて楽しいものです。

「じゃ、いただきまーす」

皆でご馳走《ちそう》を頬張り始めます。

「さよちゃんはどうよ」

「大丈夫。ご機嫌よ」

「ミルクの用意もしておかなきゃね」

「ご飯食べたら後で買ってこいよ。とりあえず三回分ぐらいはあるけど」

「そういえば修平《しゅうへい》くんは？」

「彼女とデートなんですって」

亜美さんの弟さんですね。なるほどと皆が頷き、話題がくり貫かれた本のことに移っていきます。すずみさんがこの本を売りにきた裕太さんのことと経緯を説明しました。

「あ、あの子ね」

亜美さんも藍子も頷きます。紺も青も顔だけは見知ってるようですね。

「隣に住んでるのにこんな本を売りつけようなんて思わないだろう。知らなかったんだよきっと」

「だよなぁ」

皆が食卓の上に置かれた、くり貫かれた本を眺めます。

「だとしたら、この」

勘一が手紙を広げました。あらそれは。

「返さなかったんですか？」

「うっかりしててな。気がついたら取りに来るだろうと思ってよ」

裕太さんのお祖父さんの直筆の手紙ですね。

「裕太のじいさんがこの本をくり貫いたってことになるわな」

「でも、ちょっとへんですよね」

マードックさんです。もう顔が真っ赤になっていますね。お酒に弱くはないのですがすぐに顔に出るんだそうですよ。

「おじいさんが、まごにのこして、おかねにしなさいといってるのに、そんなくりぬいてあるほんなんて」

「そうね」

藍子が続けます。

「他の本はちゃんとしてたって言うのなら、そのお祖父さんも知らなかったのかもね」

ひくっ、と小さな声が聞こえてきました。皆が一斉に反応します。どうやらさよちゃん、何かを訴えだしたようです。すぐに可愛らしい泣き声が聞こえてきました。まぁこの家に赤ちゃんの泣き声が響くなんて、研人以来ですからかれこれ十年ぶりぐらいでしょうかね。

「あ、私が」

すずみさんが張り切っていますね。じゃあと亜美さんがサポートしてますね。いちばん赤ちゃんを育てた記憶が新しいのは亜美さんですからちょうどいいでしょう。

「それにしてもよ。こうやって長四角にくり貫かれてんだからよ、くり貫いた奴には何か理由があったんだろうよ」

「それが、なにか、ですよね」

「おうよ」

「やっぱり何かを入れたのかしら」

藍子が本を手に取って確かめます。

「厚さは一センチもないわね」

「本の中に入れるそんな薄いものって」

「あれっ!?」

皆がうむ、と腕組みしたときに、すずみさんが素頓狂《すっとんきょう》な声を上げました。さよちゃんのベビー籠の中を見て驚いています。隣にいた亜美さんも思わず口に手を当てましたよ。

「どうした」

すずみさんがそーっと手を籠の中に入れました。何やらごそごそして取り上げたものは。

「ええっ？」

「なんだよそりゃ！」

すずみさんが半べそをかいたような顔で、勘一に向かって差しだしたものは、お札です。しかも、大金。

さぁもうクリスマスどころじゃありません。

「ちょ、ちょっとまった。手袋！」

紺が貴重な古書を扱うときに使う白手袋を持ってきて着けて、すずみさんの手から札束を受け取りました。そのまま急いで数えます。皆はじっとそれを見つめていますよ。

「全部で百二十一万円」

「大金ね」

「底に隠してあったのかよ？」

勘一に訊かれてすずみさんが頷きます。

「おもらしとかで汚れてないかと思って、底に敷いてあるお布団を持ち上げたら」

どうして赤ちゃんの籠の中にそんな大金を。

「こりゃあ」

いよいよ警察沙汰か、と勘一が呟いたときに、玄関から「ただいまぁ」という声が聞こえてきました。我南人ですね。どこへ行ってたんでしょうか。

「みんな、どうしたのぉ。ハトが豆鉄砲喰《く》らったような顔をしてるよぉ？」

皆がもう食事どころではないというのに、我南人はさっさと自分の席に着くと、「メリークリスマスぅ」と一声上げてパクパクと食べ始めました。あら、脇坂さんすいません。そんな男に酌をしてやることとなんかないんですよ。

　そういえば、脇坂さんのご主人と我南人。まぁ脇坂さんが一方的に我南人が気にくわなかったというのもあるのですが、十年間も何の交流も無かったというのに、この夏に仲直りしてからというもの二人でよく会っているようなんですよ。びっくりですけどね、亜美さんが嬉しそうに言っていました。

「父が、あんなに素晴らしい男はいないって」

　それは褒め過ぎですし、脇坂さん、今まで周りに我南人みたいな種類のお友だちが居なくて勘違いしているのではないかとも思うんですが。まぁ仲の良いのはいいことですけど。

「赤ちゃん、かわいいねぇ」

「なにのんきなこと言ってんだよ」

「もうすぐ家にもやってくるかもしれないねぇ、新しい赤ちゃん」

　それはまぁ、すずみさんと青の子供ですとかね。紺と亜美さんだってまだ若いことですし。

「そんなに騒ぐこともないよぉ」

　どうして赤ちゃんが居て、こんなお金があるのかをすずみさんに説明してもらっても まるで動じる風もなく、パスタをもぐもぐしながら我南人が言います。何の根拠があってそんなことを。

「おめぇ酔っぱらってんじゃねぇのか？　赤ん坊だけならまだしもこれここに」

勘一が食卓の上に並んだ一万円札の束を指さします。

「こんな大金がひょっこり出てきたんだぞ？」

うーん、と言いながら我南人はローストチキンを食べます。

「おいしいねぇこれ。マードックちゃん、作ったってぇ？」

「そうです。おいしいですか？」

「旨《うま》いねぇ。さすがだねぇ。ところで、その赤ちゃんのお母さんだけど、僕知ってるよぉ」

「なにぃ!?」

皆が腰を浮かせるほどびっくりしました。勘一が気色ばんで我南人を指さします。

「まさかおめぇ！　また隠し子かよ！」

「親父あんたまた」

青です。久しぶりに青が我南人をあんた呼ばわりするのを聞きました。そうですよ、何と言っても腹違いという立場を一番悩んだのは青なんですから。

「それは違うねぇ。そんなに青筋立てないでクリスマスなんだからぁ。キリスト様はLOVEでしょう？」

キリストさんも我南人に同じ愛を謳《うた》われたくはないと思うのですが、まぁ確かにそのようです。

「詳しくは後から、とりあえず腹拵《はらごしら》えさせてねぇ。ほら赤ちゃんも笑ってるよぉ」

皆がさよちゃんを見ました。お腹《なか》が空《す》いていたのですね。すずみさんに抱っこされてミルクをもらって一生懸命飲んでいます。あぁ、こういう姿を見てしまうと自然に頬が緩んできますね。

クリスマスだからってわけではありませんが、それこそ子供の笑顔は天使の笑顔と言うじゃありませんか。本当ですよね。

四

夜も九時を回りました。

界隈《かいわい》もすっかり静かになりまして表通りのクリスマスの賑やかさが小さく響きます。あちこちのお家でクリスマスのイルミネーションが光っていますけど、やはり新しいお家が多いですね。

まったくもってどういう理由かは皆目わからないのですが、我南人はさよちゃんのお母さんを知っていて、話では〈はる〉さんに居るっていうじゃありませんか。

勘一と我南人と青、そして男性陣ばかりではなんだろうと藍子も一緒に近所の小料理居酒屋の〈はる〉さんに向かいました。

家では残ったすずみさんと紺と亜美さんとマードックさんがお茶を飲みながらひと休みしています。花陽と研人と脇坂さんご夫妻は二階でウィーとかいうゲームで遊んでいますね。楽しそうな笑い声が居間まで届きます。

なんでも脇坂さんご夫妻、お年に似合わずと言っては失礼ですけど大のテレビゲーム好きとか。お家にはファミコン時代からのゲーム機が全部揃っているそうでして、遊びに行った研人が大喜びしていましたよね。

「孫と遊べるのが本当に嬉しいみたいね」

亜美さんが二階からの笑い声に微笑みます。

「あれですね」

マードックさんが、にこっと笑って紺に言います。

「わきさかさん、きっとあかちゃんのかおも、みたいとおもってますよ」

「赤ちゃん？」

満足し眠ってしまったさよちゃんの顔を皆が見ました。

「けんとくん、もうおおきくなってしまっているから、もうひとり、まごをつくってあげるといいですよ」

紺があぁと苦笑します。紺と亜美さんは別に子供は研人だけでいいと決めているわけではありませんが、まぁこればっかりは授かり物ですからね。

「人のことはいいから、マードックさんもさっさと藍子と結婚してさ。それこそあれだよ。花陽に妹でも弟でも作ってあげてよ」

「そうよ。藍子さんだってまだ若いんだし。全然大丈夫」

亜美さんがそう言うとマードックさん、またおでこの辺りまで真っ赤になります。

「そうしたいとおもってるんですけど、なかなか」

藍子は未婚の母ですが、マードックさんはもちろんまだ結婚をしたことはないんですよね。自分の芸術活動に夢中になりすぎて、そんなことを考えることもなかったと言ってました。

もっともあれですね。マードックさんは古き良き日本が大好きな方でして、この古いばっかりの家も大好きだと言ってましたから、もし藍子と結婚したらこの家に住みたいと言い出すかもしれません。そうなるとますます狭くなってきますから、いろいろと考えなきゃならないでしょうね。

「こんなに可愛いのに」

すずみさんです。

「どうして置いていったりしたんでしょうね」

皆が頷きます。もちろんそれぞれのご家庭でいろいろ事情はあるのでしょうが、子供には何の罪もありませんよ。

「まぁじいちゃんたちがいろいろ訊いてくるだろうけど」

紺です。

「一番の謎《なぞ》は」

「なんですか」

「どうして親父がこの赤ちゃんに関わっているかだよね」

まったくあの人は、と苦笑する紺に皆が頷きました。そうですね。ふらふらしてるからいろんなことにもぶつかるのでしょうけど。

さてそれじゃ、わたしも〈はる〉さんに行って少し様子を見てきましょうか。

＊

三丁目の角の一軒左にある小料理居酒屋〈はる〉さん。暖簾《のれん》の奥にはいつものように美味《おい》しそうな匂《にお》いが漂い、おかみさんである真奈美《まなみ》さんの姿があります。お母さんの春美《はるみ》さんの関節炎はなかなかよくなりませんのでね、お店はすっかり真奈美さんに任せているんですよ。

「僕もねぇ、まだ詳しいことは聞いてないんだよねぇ」

カウンターに並んで座ってお猪口《ちょこ》を傾けた我南人が言います。テーブルの方にはお向かいの畳屋の常本《つねもと》さんが居ますよ。畳屋さんを継ぐと言って戻ってきた次男の剛志《つよし》さんと一杯やっているようです。

我南人の横には俯《うつむ》き加減にして若い女の子が座っています。その隣には藍子と青。勘一は我南人の隣に居ますね。狭いカウンターはこれでもう一杯です。

「お通しです」

カウンターの中からコウさんが小鉢を皆に配りました。

「ふぐ皮白子《しらこ》和《あ》えです」

このコウさん、ほんの二週間ほど前からここで働いています。目付きの鋭いちょっと怖そうなお顔はしていますが、腕の良い料理人の方です。なんでも真奈美さんの知人から紹介されて働くことになったそうです。五十そこそこの方で、京都の方の料亭に居たんだそうですよ。

「するってぇとあれか、話を整理するとこういうことか？」

勘一が小鉢を手にして箸で口に放り込みます。何かを言おうとしたのですが。

「旨い」

思わず口に出てしまいます。青も藍子も同じように舌鼓を打ってます。コウさんはにこりともせずに小さく頭を下げます。だんだんわかってきましたけど、このコウさん、強面《こわもて》ですけどとても恥ずかしがり屋さんなのですよね。ずっと板場で仕事をしてきましたので、こうしてお客さんに向かって仕事をするのはまだ苦手なようですよ。

「このレナちゃんはよ」

「玲井奈《れいな》ちゃんだねぇ」

「おお、玲井奈ちゃんは十九歳なのにあの赤ちゃんのお母さんで、旦那は二十一のゴロツキだってんだな？」

他人《ひと》の旦那さまをゴロツキなどとは失礼ですが。玲井奈ちゃんとおっしゃる若いお母さん、何も言えずに下を向いています。

「で、しょうもねぇことに借金こさえてにっちもさっちもいかなくなったと。思い余った末にまたしょうもねぇことに玲井奈ちゃんのおっかさんに振り込め詐欺を仕掛けたと」

「どうしようもない奴だな」

青が言いましたが藍子がたしなめます。

「いいです」

玲井奈さんが顔を少し上げて言います。

「その通りだから、しょうがないです」

愛嬌《あいきょう》のあるお顔をしていますね。小夜《さよ》ちゃん、似ていますよお母さんに。ちょっと上を向いた可愛らしいお鼻とか丸い眼がそっくりですね。それにしてもまぁ玲井奈さん、まだ中学生と言っても通りそうなほど幼い顔をしています。

「あの籠に入っていたのは、旦那がおっかさんから巻き上げた金で、それを知ったあんたは大げんかして隙《すき》を見て奪い取って逃げてきたと」

「返そうと思って来たんだけど、うちでちょっと休んでいるところにその亭主にぃ、夏《なつ》樹《き》くんっていうそうだけど、店先で見つかってしまったんだねぇ」

「で、咄嗟《とっさ》に逃げ出したと」

「赤ちゃんを置いてね」

「そこで、通りかかった我南人に助けられたってわけかい」

我南人は訳がわからないけど若い女の子が男に追いかけられている。そこで玲井奈さんを路地に引っ張り込んで、この真奈美さんの店の二階に匿《かく》まってあげたそうです。

「小夜のことは本当にすいませんでした」

「なんですぐに連絡してこなかったんでぇ」

勘一が訊くと玲井奈さん、我南人を見ました。

「僕が言ったんだねぇ。あの家に居るんなら大丈夫だって。皆おもしろがってちゃあんと面倒見てくれるからってねぇ」

確かにそれはそうでしょうけど、電話があるんですからね。一言言ってくれればいいものを。

「で、夏樹くんがまだこの辺を探し回っているみたいだったからねぇ。しばらくここに居るといいって言ってねぇ」

「おめぇはいろいろ調べに回ってたってか」

我南人がお猪口をくいっと空けて頷きました。

「ごめんね真奈美ちゃん、いつも迷惑掛けて」

藍子がカウンターの中の真奈美さんに頭を下げます。

「いいんですよ、そんなの別に」

高校の先輩後輩である藍子と真奈美さん、お互いに笑い合って頷きます。ご近所さんでしたけど、高校時代はさほど親しくもなかった二人です。でも卒業してからはあれこれとあって、随分親しくなりましたよね。今では親友といってもいいぐらいです。

「家に小夜ちゃんが転がり込んできた状況としてはわかったけどさ」

青です。

「お母さんにお金を返そうとしてうちの近くに来たってことは、お母さんこの近所なの？」

玲井奈さん、首を横に振ります。

「ワタシは、家出娘だから、家に顔なんか出せないし」

くすん、とちょっとだけ鼻をすすり上げてから玲井奈さん、顔を上げました。

「ワタシ、なんか、どうしようもないやつで、学校なんかほとんど行ってなかったし、遊び歩いてるうちに夏樹と付き合いだして子供ができちゃって」

「まぁ、よく聞く話だね。その夏樹って男もどうしようもない男だし」

どうも青はそういう若い方に冷たい傾向がありますね。

「でも！」

頷きながらも玲井奈さん、少し声が大きくなりました。

「がんばってたの、夏樹もまともに学校行ってなかったけど、小夜が産まれるからって昼も夜もバイトやって、二人でがんばろうって」

「それがねぇ、どうもタチの悪いのに引きずり込まれたみたいだねぇ」

我南人も若い頃はタチの悪さにかけてはこの辺りでは誰もかないませんでしたよね。ロックは反抗だとか言ってさんざん悪い事をしてきたものです。もちろん喧嘩《けんか》をしでかして警察の御厄介になったことも何度もありましたし、喧嘩ならまだしもなんですがハッパだとかそういうものに手を出して捕まったこともありましたね。

本当にあの頃はもう泣きたいぐらいに、いえ実際に泣いてしまったこともありますし、勘一だって何度我南人を勘当したかわかりません。けれども、何の関係もない方にご迷惑をお掛けしたことだけはありませんよね。昔から正義感だけは強い子でしたから。

まぁそんなふうでしたから、ここら辺りではそういう方面には何かと顔が利きますよね。

「ヤクザもんに捕まってねぇ、まぁ大方デカイことやって一発当てようとでも思ったんだろうねぇ。えらい借金こさえたみたいだねぇ」

「それで自分の奥さんのお母さんに詐欺仕掛けてたんじゃどうしようもないな」

ガラリと戸が開いて、大きな身体がのそりと入ってきました。あら新ちゃんじゃありませんか。

「おう、新の字じゃねぇか」

「どうも。おやじさん。お久しぶりです」

後ろに居る若い方は誰でしょうか。

「がなっちゃん、連れてきたよ。こいつだろ？」

ぐいと首根っこを摑《つか》まえて、後ろに居た若い方を前に突き出しました。新ちゃんは柔道で世界選手権も戦った人ですからね。腕っぷしではここら辺りでは一番でしょう。

「夏樹！」

玲井奈さんが飛び上がりました。この方が夏樹さんですか。

五

十時半を過ぎました。

家の方では脇坂さんもマードックさんも帰られて、花陽も研人も布団に入りました。いつまでも〈はる〉さんのカウンターで揉《も》めていてはご迷惑ですし、子供たちも寝たことだしそろそろよかろうと皆で家に帰ってきました。

夏樹さんの顔が腫《は》れているのは、我南人に頼まれて会社の若い人を使って新ちゃんが探し回り、一発張り倒して大人しくさせたためだそうですよ。新ちゃんも年末の忙しいときに申し訳ありませんでしたね。我南人がまた後から礼はするからと言ってました。

小夜ちゃんはすやすやと仏間の方で眠っています。玲井奈さんは家に入ってくるなり小夜ちゃんの様子を確かめていましたから、大丈夫なんでしょうね。ちゃんとお母さんの気持ちを忘れていないようです。

居間の座卓に勘一と我南人、藍子に紺に青とすずみさん亜美さんが並びます。夏樹さんと玲井奈さんは正座して神妙な顔をしてますよ。

「さてっと」

留守番をしていたすずみさんが淹《い》れたお茶をずずっとすすって、勘一が夏樹さんを睨みつけました。

「おい若いの」

「はい」

夏樹さん、やんちゃそうな顔をしていますが少し可哀相なぐらいすっかり大人しくなっています。余程新ちゃんに手ひどくやられたんでしょうか。

「名前、なんてんだ」

「会沢《あいざわ》夏樹です」

「会沢くんよ。俺らはな、あんたと奥さんの玲井奈ちゃんには何の関わりもない他人だけどよ」

勘一が小夜ちゃんを指さしました。

「短い時間でもよ、ああして赤ちゃんをしっかりと預かったんだ。あんたら家族は、まぁ言ってみりゃあ一宿一飯《いっしゅくいっぱん》の恩義が俺たちにあるってことになるわな」

夏樹さんと玲井奈さんが小さく頷きました。一宿一飯の恩義って言葉わかるでしょうか。

「ただまぁ赤ん坊の面倒をちょっとの間見るぐらいはなんでもないさ。いい子にしてましたよさぁどうぞ連れてってください、で帰ってもらってもいいんだけどよ。それじゃ人情紙風船ってやつじゃないか。お礼も何もいらねぇから話ぐらいは詳しく聞かせろよ。

関係ないから放っておいてくれなんて言ったらもう一度新の字を呼ぶからな」

若い二人が顔を見合わせて、小さく頷きました。

「ヤクザもんにどれだけ借金あるんだい」

夏樹さん、神妙な顔で、おずおずと指を三本立てました。

「三百万かよ」

それはまた大変ですね。

「そんなにはなかったんですけど、いつの間にか」

夏樹さんが小声で言います。ああいうところの方ですから要するにとんでもない金利とかそういうことなんでしょう。ところで玲井奈さん、ちらちらと何かを見ていますがなんでしょう。何が気になるのでしょうか。

「そいつを返せるあてはないいんだろう」

座卓の上にはお母さんのお金だという百二十一万円が載っています。

「ありません」

少し迷いながら夏樹さんが答えます。

「ワタシを！」

玲井奈さんが顔を振り上げました。

「ワタシを、守るためだと」

そう言ってまた下を向いてしまいました。紺や青が顔を見合わせます。玲井奈さんを守るためというのは何でしょうか。

「まぁ大方よ」

勘一です。またお茶を一口飲みました。

「早いとこ借金返さねぇと嫁さんソープに売り飛ばすとかなんとか言われたんだろうよ。そういう連中のお決まりの手口じゃねぇか」

「そうだろうねぇ。違うかい？」

我南人に言われて、夏樹さんはまた小さく頷きます。

「年末までに返さないと、玲井奈を連れてく。オレにも内臓でもなんでも売ってもらうって」

藍子が小さく溜息《ためいき》をつきました。なんて時代でしょうね。自分の五臓六腑《ごぞうろっぷ》がお金になるというのですから。それでも昔もね、血を売ってお金を貰うなんてこともありましたから。進歩っていうのはそういうとんでもないことをできるようにもなるのですね。

「だからっててめぇの義理の母親に詐欺なんざやろうって根性は気にくわねぇ。金持ってるってわかってんなら恥を忍んで借金でも何でも申し込めばいいじゃねぇか」

何も言えずに二人はどんどん小さくなっていますね。

「でもさ」

紺です。

「女のために必死になって金策に走り回ったたっていうのは、まぁまだ見どころもあるんじゃないの？」

「そうだねぇ」

そうですすよ。こうして勘一たちにやいのやいの言われても大人しくしているっていうのも、自分の子供を預かってもらったからという気持ちもあるのでしょう。どうしようもない男なら暴れだしてますよね。

「とりあえずこの金はお母さんに一旦《いったん》返すんだな。そしてよ、事情をきちんと話して貸してもらえ。親ってのはな、まともな親だったらどんなにしょうもない子供でもな可愛いもんなんだよ。きちんと真正面からぶつかればわかってくれるさ」

「ワタシが」

玲井奈さん、下を向いたまま話します。

「お母さんと、二度と会わないって、飛び出したから」

とても会えた義理ではないと言いたいのでしょうか。皆が小さくため息をついて、肩がちょっと落ちます。

「ところであんたら随分若いけどよ、籍はちゃんと入れてるのかい」

勘一に訊かれて玲井奈さんが首を横に振りました。

「まだです」

「そうか。あんたの名前は何て言うんだ」

「玲井奈です」

「名字だよ。あんたはお母さんに金を返そうと思ってうちの近くまで来たんだろ？　だったらお母さんはこの近所に居るってことだよな？」

そうですね。玲井奈さんに見覚えはありませんので本当のご近所さんではないのでしょうけど。

「増谷玲井奈です」

「増谷？」

どこかで聞いたようなお名前ですね。さて。

「お母さんは、この近くじゃないです。会えないから、お金も直接返せないから、お兄ちゃんに返してもらおうと思って。それでここまで来たんです。そしたらお兄ちゃんが古本屋さんに入るのが見えて、それでちょっと隣のカフェで様子を見ようと思って」

「お兄ちゃん？」

そこですずみさんがトン！　と座卓を叩きました。

「増谷さん！　増谷裕太さん？」

「増谷裕太？」

全員が、あ、と口を開きました。

「学生かよ！　曙荘の！」

勘一が座卓の上に置いてあった『古事類苑』を取り上げました。

「こいつを売りに来た」

「やっぱりそうですよね？」

玲井奈さんです。

「それ、お兄ちゃんの、おじいちゃんの本」

あらまぁ、そうなんですか。

＊

十一時を回りましたか。もうすぐクリスマスも終わりですね。裕太さん、すずみさんと青に連れて来られましたよ。

「クリスマスだってのに悪いね」

青に言われて裕太さん苦笑します。

「いや、もう別に予定もなにもなかったし」

「それはかなり淋《さび》しいけどね」

この時間にお一人ということは彼女とかいないのでしょうかね。青と並んでしまうと大抵の方は見映えとしては劣ってしまいますけど、裕太さんすっきりした顔立ちの男の子ですよ。女性の方は好感を持つと思いますけどね。

こんな夜中に古本屋が何の用事かと連れて来られた裕太さん、居間にいる玲井奈さんを見て飛び上がらんばかりに驚いていました。お話ではもう二年ぐらい会っていなかったとか。

「オマエ、どうして」

顔を強ばらせる裕太さんを、青がまぁまぁと取りなします。

「兄妹ゲンカは後にしてもらうとしてさ。もう夜も遅いんだから」

そうですね。さっさとなんですかこんがらがってきたものを解いてしまいましょう。

裕太さん、皆に事情を聞かされてさらにびっくりしていましたね。まさかお母さんを振り込め詐欺で騙《だま》したのは自分の妹の旦那さんだったなんて。

「じゃあ、振り返るとさ」

紺です。こういうものを取りまとめるのは得意ですよね。

「玲井奈ちゃんは、夏樹くんがお母さんから巻き上げた金を奪い取って小夜ちゃんと一緒にお兄さんである裕太くんの家に向かった。お母さんにこのお金を返してもらおうと思ったんだね？」

玲井奈さん、こくんと頷きます。

「夏樹くんは当然慌てて後を追いかけた。お兄さんが住んでいると聞いていたこの辺りだと見当をつけてやってきた。玲井奈ちゃんはうちのカフェの前まで来て、偶然裕太くんが古本屋の方に入って行くのを見つけて、自分はカフェの方に入った。そして、自分を追いかけてきた夏樹くんが向こうからやってくるのを見て、見つかってはいけないと慌てて店を飛びだした」

若い三人が頷きました。

「そこで、僕だねぇ。角のところで玲井奈ちゃんと夏樹くんが揉めていてね。玲井奈ちゃんが走りだして逃げるのを見て放っておけないなぁと思ってね」

「玲井奈ちゃんを保護した、と。玲井奈ちゃんは夏樹くんをまいてからすぐにカフェに戻ろうとしたんだよね。小夜ちゃんを置いてきてしまったから。けど親父が大丈夫って言うから、夏樹くんに見つからないように隠れていたと」

ここまでは整理できました。皆がうんうんと頷きます。

「で、裕太くんは、お母さんが振り込め詐欺に遭ってお金をだまし取られたことを知って、もちろんだまし取ったのは夏樹くんだけどね。それで何とかしてやりたいと思って、これを」

紺が本と、おじいさんからの手紙を手に取りました。

「我が家に売りに来たわけだ。十万って金にはなったけど、全然足りないよね」

裕太さんが頷きます。それであのとき少しがっかりした顔をしたわけですね。でも優しいじゃありませんか裕太さん。お母さんのためにね。

「そういう偶然が重なって、増谷家の騒動がこの本と小夜ちゃんと一緒に我が家に持ち込まれたってわけだ」

「我が家にとっちゃとんだクリスマスプレゼントだったな」

勘一が苦笑いしました。裕太さんがすいません、と頭を下げました。妹さんである玲井奈さんをちらっと見ました。

「うちは、親父がいないんです」

「ほう」

離婚されたそうですよ。まだ裕太さんは中学生、玲井奈さんは小学生だったとか。

「それから、母さんは女手ひとつで僕たちを育ててくれたんです。昼間は保険の外交の仕事をして夜はスナックで働いて。一生懸命だったんですよ。僕が大学へ行けたのは、別れた父さんの援助もあったんですけど」

少しでもお母さんの負担を減らしたいと、一銭も貰わずに奨学金やバイトで一人暮らしをしているそうです。あそこのアパートは古いだけにお家賃も格安ですしね。

「でも、玲井奈は」

裕太さん、玲井奈さんを厳しい眼で見つめました。玲井奈さんは唇を引き締めました。

「反抗ばっかりして、母さんを困らせて、悪いことばかりして」

玲井奈さんがうな垂れました。睨んでいた裕太さんですが、ふっと肩の力を抜いて、眼が優しくなりました。

「でも、今は気持ちはわかります。離婚しちゃって、家庭のことでクラスメイトにいじめを受けたり、貧乏暮らしだったり。母さんは夜の仕事もしていたし、そういうのが恥ずかしくてしょうがなかったっていうのも」

どんどん家族から離れていって荒れていく妹さんをなんとかしようとしたものの、ダメだったと、裕太さんも唇を噛《か》みしめます。

勘一も我南人もむぅと唸って腕組みします。これは難しい問題です。他所様《よそさま》の家庭のことですし、昨今は随分と新聞を賑わすいじめという問題もあるのでしょう。いわゆるグレてしまった玲井奈さんだけを「情けない」と責めることはできませんね。

「でも、僕も自分のことで精一杯で、玲井奈の気持ちを考えてやれなかったと、今は思います」

裕太さんが言いました。

「何とか玲井奈に連絡を取りたかったんですけど、全然どこにいるかもわからなくて。さっき、顔を見たときにびっくりしたんだけど、変わってなくて、なんか、久しぶりで、なんか、嬉しくて」

あぁ、裕太さん、少し涙ぐんでしまいました。拳《こぶし》を握りしめて我慢しています。玲井奈さん、そんなお兄さんを見てびっくりしたんでしょうね。それと同時にやっぱり少し瞳《ひとみ》が潤んできましたよ。

「バカヤロウって、今までどこにいたんだよって叫びたかったけど、殴ってやりたかったけど、元気でいてくれて、生きててくれて良かったって、思って」

涙が溢《あふ》れてしまいました。下を向いています。

「お兄ちゃん」

玲井奈さんの瞳からも涙がこぼれてきました。ごめんって、小さく聞こえてきましたよ。裕太さんの手がそっと伸びました。玲井奈さんの方を見ないまま、玲井奈さんの頭の上にその手が置かれて、ごしごしと一、二度撫《な》でられます。あぁ玲井奈さん、びくっと震えた後にわんわん泣き出してしまいました。

兄妹ですからね。

何があっても、兄妹は兄妹なんですよ。それを見ていた夏樹さんも鼻をすすっていますね。あら勘一も頬をひくひくさせて眼を赤くしていますよ。そういえば勘一にも亡くなられましたけど淑子《よしこ》さんという妹さんが居ましたから。亡くなられたのもちょうどこの玲井奈さんぐらいの年頃で、戦争が終わった年でしたよね。

「まぁあれだねぇ」

我南人です。

「いいクリスマスプレゼントになったんじゃないぃ？　サンタクロースは、夏樹くんだねぇ」

「オレが？」

夏樹さんが驚きます。

「君が詐欺をしてお金を泥棒しなかったら、この二人は会えなかったねぇきっと。サンタもぉ人の家に黙って入る泥棒みたいなもんだからねぇ」

「馬鹿野郎、泥棒とサンタを一緒にするんじゃねぇよ」

勘一が言って、皆が大笑いしました。あら、いつの間にか目を覚ました小夜ちゃんも笑っていますよ。

六

師走《しわす》の慌ただしさもいよいよという二十七日。この界隈の年末の風物詩でもあります、二丁目の昭爾屋《しょうじや》さんのお餅《もち》つきが始まりました。

もちろん昭爾屋さんは和菓子屋さんですので、お餅つきはお店の商品の餅を作るためです。ですが先々代がどうせならご近所さんと一緒に餅つきをして楽しもうと、あちこちから杵臼《きねうす》を借りてたくさん並べて餅つき大会となるのです。花陽や研人はもちろん、実は大人たちがいちばんこれを楽しみにしていますね。

昭爾屋さんの店先の道路とお隣の玩具屋《おもちゃや》の高橋《たかはし》さんの駐車場をお借りして、臼が三個並べられます。町会用のテーブルが並べられテントも張られます。一晩水に浸した糯米《もちごめ》が蒸籠《せいろ》で蒸されていきます。

「さぁやっとくれ！」

昭爾屋さんのご主人、道下《みちした》さんの号令で皆で一斉にお餅つきが始まります。せいやっ！　とか、おうよ！　とか威勢のいい声が響きます。皆で順番に杵でついていくのですけど、最初についているのは道下さんと我南人と新ちゃんの幼なじみトリオですね。でもきっとすぐに腰が痛いと言い出しますので、若い衆に交代していきます。紺も青も若い部類ですからお手伝いしますよ。

女性陣はできあがったお餅をどんどんちぎっていきます。お汁粉にいれるも良し、黄な粉にするのも良し、納豆や砂糖醤油や、好きなものが並べられていますので、皆がそれぞれに楽しむんですよ。もちろんお店用のお餅はお店の中に運ばれて、職人さんの手で売り物にされていきます。

駐車場の真ん中には昭爾屋さんが昔に使っていた薪《まき》ストーブが置かれて、どんどん薪がくべられて赤々と燃えています。ストーブの上には大きなお鍋にお雑煮が作られています。お正月にはまだちょっとだけ早いですけど、やはりお餅を食べるにはお雑煮は欠かせませんよね。

勘一と祐円さんが椅子に座ってお餅をほおばっていますね。咽に詰まらせないように注意してくださいよ。


「で？　勘さんよ」

「何が、で？　だよ」

「昨夜《ゆうべ》の話の続きだよ。赤ちゃんの話はわかったけどさ、全然わかんないのがあるじゃないか」

「なんだよ」

「本だよ、本」


祐円さん、お酒はほんの振る舞い酒なんですからね。一杯だけですよ。飲み過ぎないようにしてくださいよ。また康円さんに怒られますよ。


「おお、本な。くり貫かれてたやつだろ」

「そうそう」

「これがな、今晩はっきりするんだよ」

「今晩？　また随分じらしたな」

「なんたって肝心の野郎が地方に行ってるとかでな、もうそろそろ帰ってくるんだよ成古堂の野郎」

「成古堂？　伊藤ちゃんがどうかしたのかい」

勘一がにやりと笑います。

「おめぇにもまんざら関係がないわけでもないからよ。今晩来るといいや」

＊

「ごめんよー」

夜の九時を回った頃に祐円さんの声が家の裏口の木戸の方から響きました。はーいとすずみさんが返事をしますが、祐円さんだとすぐにわかりますから誰もお出迎えには行きません。勝手に入ってきますからね。

「おう、来たか」

「おっ伊藤ちゃんも居たね」

「どうも」

骨董屋さんの成古堂のご主人の伊藤さん、勘一に呼び出されてわけがわからないままに座卓についてお茶を飲んでいます。我南人は晩ご飯を食べた後にまたどこかへ出かけていきました。研人と花陽は二階でゲームで遊んでいるようですよ。

「堀田さん、何があるんでしょうね」

伊藤さんが訊きますが、勘一はもう少し待てと言います。そこにまた玄関から声が響きます。紺の声ですね。青も一緒です。廊下を歩いて居間に入ってきましたが、もうお一人いらっしゃいました。曙荘の学生さん、裕太さんですね。

伊藤さんが、あ、と口を開きました。それを見て勘一はにやりと笑いましたよ。

「まぁ、座れよ」

台所に居た亜美さんがお茶を運んできて戻っていきます。藍子と二人で台所から居間を見ています。

「さて、まどろっこしいのはよして、こいつだ」

勘一が一冊の本を座卓の上に載せました。くり貫かれた『古事類苑』ですね。

「見覚えがあるだろう成古堂の」

「あぁ、はい。確かに」

伊藤さん、ちらりと裕太さんを見ます。

「この本がな、我が家に持ち込まれてよ。まぁ買い取ったんだがこれこの通り」

本を拡《ひろ》げます。見事にくり貫かれていますね。

「あぁ、こりゃひどいですね」

「おめぇは気づかなかったのかい成古堂の。この本はもともとはおめぇのところに持ち込まれたもんだったんだろう？　なぁ裕太よ」

裕太さん、こくりと頷きます。そうなのですよ。実はあの赤ちゃん騒動の夜に、紺がふいに気づいたのですよ。裕太さんのおじいさんの手紙には〈この品々〉と書いてあることに。品々ということはひょっとしておじいさんの遺品は他にも何かあったんじゃないかと裕太さんに訊いてみたことで、何もかも全部わかったのですよね。

「確かに、私のところにこの学生さんが持ってきましたね。ええと、仏像と碗と軸と、そしてこの本一揃いでしたね」

裕太さん、仏像やら碗やら掛け軸があったので、とりあえず骨董屋さんに行ったのです。古本もまぁ似たようなものだから引き取ってくれるだろうと。確かに骨董屋さんでも古本を扱っているところもありますから。

「ところがよ、とりあえず一晩預かって鑑定してから値段を決めると言われて次の日に行くと、古本はうちでは引き取れないから持って帰ってくれと。で、おめぇは軸と碗と仏像を十二万で引き取ったんだよな」

伊藤さん、頷きます。

「古いだけでそれほどのものではなかったですからね。十二万というのは妥当な金額だと思いますよ」

「別にそこに文句はつけねぇよ。おめぇさんの目利きは俺がよっく知ってるさ」

勘一がにやりと笑います。成古堂さんも先代から始めた商売で、勘一も伊藤さんのお父さんとは仕事仲間として親しかったですからね。

「もう一度訊くけどよ、おめぇ、この本がくり貫かれていることは知らなかったんだな？」

「知りませんよ。本はそのままお返ししましたから」

勘一がにやりと笑います。

「成古堂の」

「はい」

「これ、知ってるかい」

勘一が座卓の下に手を突っ込んで、何やら取り出します。古いお札が一枚。今のお札と比べると小ぶりですよね。なんだかお札には見えません。勘一はそれを、開いた本のくり貫かれたところにすっと入れました。

ぴったりです。裕太さんが小さく、あっ、と声を上げましたよ。伊藤さんの眼が大きく見開かれました。

「古いよなぁこの一円札。なんでも大黒札とか言うらしいけどよ。けっこうなお値段で取引されるっていうじゃねぇか」

「そう、なんですか。古銭《こせん》は専門じゃないんで」

「知ってるよんなことは。この本の持ち主だったこの裕太のじいさんはよ。そりゃあもう生真面目な人でな、こんなふうに本をくり貫くなんてよっぽどの理由がないとあり得ないって言うんだよ。なぁ祐円」

「あ？　おうおう、そうかい。まぁそりゃそうだよな。私らみたいな世代はそりゃあ本も貴重品だったからな」

「おうよ。で、そのよっぽどの理由ってのがよ。孫に遺したい遺品ならぬ遺産となりゃあ話は別だ。後生大事に絶対にバレない金庫代わりに貴重な本をくり貫いてもよ、お天《てん》道《と》さまだって許してくれるだろうよ。なぁ神主」

祐円さん、そりゃそうだと頷きます。勘一がうむ、と唸って続けました。

「隣町のよ、〈高蔵屋《たかくらや》〉って古銭を扱ってる業者があるじゃねぇか。そこに確認したらなぁこの大黒札がついこの間大量に持ち込まれたってな。そりゃもう状態のいいものだったって社長が狂喜乱舞してたぜ」

伊藤さん、勘一や祐円さんや皆の顔を見回して、大きく溜息をつかれましたよ。首が二度三度振られて、肩ががっくりと落ちます。

「参りました」

深々と、頭を下げました。

「すいませんでした。黙っていまして」

それを見て勘一が苦笑しました。

「まぁ昔っからな、古本古箪笥《ふるだんす》の忘れ物は儲《もう》け物ってのは俺らの間じゃあよくある話よ。けどよぉ、こりゃあちょいと額が額だし、欲かいちまったな成古堂の」

「はい。本当に申し訳ありませんでした」

祐円さんがようやく理解したように手を打ちました。

「するとなにか、俺が返してもらった借金は」

「その古銭を売っぱらった金よ」

「それじゃ、あの」

裕太さんです。

「この本の中には、古いお札が」

勘一がにっこり笑います。

「そうよ。おめぇのじいさんはな、伊達《だて》や酔狂《すいきょう》で〈困ったときは売れ〉って言ったわけじゃなかったんだよ。ちゃあんと理由があったのさ。この中に」

本を取り上げます。

「とっておきのお宝を隠しておいたのさ。ま、一度も本を開かねぇでそれに気づかなかった孫の鈍さまではじいさんどうにもならなかったようだけどな」

からからと勘一が笑いますけど、気づきませんよね普通は。いくら『古事類苑』の中の一冊の泉貨部でお金のことについて書かれたものでも、その中に本物のお金を隠しておくなんてね。

＊

大晦日《おおみそか》を迎えました。このところは大晦日でもお正月でも休まないというお店も増えているようですけど、ここら辺りの小さな店はほとんどがもうお休み。それぞれの家の中で新年を迎える準備が慌ただしく進んでいることでしょう。

我が家でもお節料理はとうに作り終わりました。既製品で済ませてしまうものもたくさんありますけど、それはそれ、時代というものですからね。何から何まで全て作っていては藍子も亜美さんも大変です。もちろんまだ不慣れなすずみさんだってね。

それでも、黒豆や栗《くり》きんとん、昆布巻きや田作り、なますや煮しめなどは一生懸命作っていました。

もちろん五段重ねのこれが登場するのは明日からです。我が家の大晦日の晩ご飯と言えば、何故《なぜ》かお茶漬けと決まっているのですよ。どういうわけか先々代の頃からの習慣だとか。わたしが生きている頃もね、大掃除や何かで疲れている身にはとてもありがたいものだったのですけど。

冬の夕暮れの光が家の中に差し込んできています。脇坂さんのお宅にご挨拶に行っていた紺が帰ってきましたね。亜美さんと研人と花陽は夜まで向こうでゆっくりするとか言ってましたよ。青もすずみさんと一緒にすずみさんの叔母《おば》さんのお宅に行ってますし、藍子も我南人も勘一もそれぞれに出かけていますから、家の中は猫と犬だけです。帰ってきた紺にそれぞれまとわりついてますね。

紺が仏間に入ってきて、ちりん、とおりんを鳴らします。


「ばあちゃん」

「はい、お疲れさまでしたね」

「さっきついでにあの裕太の家に行ってきたよ」

「あら、なんとかなったのかい」

「夏樹の借金とかはね。あの本に入っていた古銭を売ったお金でなんとかなったよ。夏樹を脅していた連中には新ちゃんの方でちょっと含んでもらった」

「良かったわねぇ。おじいさんに感謝しなくちゃ」

「ただまぁ、あの家族が元通りになるのにはもう少し時間が掛かるかな」

「それはしょうがありませんよ。そういうことはね、ゆっくりやるもんですよ」

「うん。そういえば親父があの家族、夏樹も入れて五人で初詣《はつもうで》に行かせるって珍しく張り切ってたよ」

「あぁ、わかる気がするねぇ」

「なんで？」

「あら、わからないかね。玲井奈ちゃん、若い頃の秋実《あきみ》さんにそっくりじゃないか」

「おふくろに？」

「あの気まぐれな男が玲井奈ちゃんを助けたってのも、秋実さんによく似てたからでしょうよ」

「へー気づかなかった。あれ？　終わりかな」

はい、お疲れさまでした。紺が苦笑しておりんを鳴らします。

まぁ年も明けますしね。気持ちを新たにして、皆でいい方向へ向かってくれるといいですね。何がどうなろうと新年は皆に平等にやってきますから。

春　恋の沙汰も神頼み

一

　そういえば今年の梅は早かったですね。一月にはもう白梅が咲いていてびっくりしましたよ。温暖化なんて言葉も聞かれますけど、それを除けば梅の下の沈丁花《じんちょうげ》、桜の下の雪柳と、いつもの年のように我が家の庭の春はつつましくも賑《にぎ》やかに立ち上がっていきまして、弥生《やよい》三月です。

　我が家の桜は、今年も板塀を越えて二軒お隣さんまで花びらを届けています。桜三月散歩道なんていう曲がありましたけど、この季節のそぞろ歩きは楽しいもの。あそこの桜は今年も綺麗ね、などと言いながら歩いていきますとあっという間に隣町まで足を延ばしてしまいますね。

　三月と言えば雛祭《ひなまつ》りがすぐに浮かんできます。わたしの子供は我南人だけですので、雛祭りもわたしが実家から持ってきた雛人形を自分のために飾る程度だったのですが、孫の藍子が産まれてからは秋実さんと二人でそりゃあもう楽しんだものです。そのうちに花陽が産まれて亜美さんがやってきて、すっかり我が家では雛祭りが大きな行事になったものです。

緋毛氈《ひもうせん》の上にお内裏《だいり》さまにお雛さま、右大臣左大臣、三人官女に五人囃子《ばやし》と、皆でわいわい言いながら飾り付けをします。白酒に雛あられは子供たちが大好きですよね。もっとも白酒といっても子供たちに飲ませていたのは甘酒ですけどね。

毎年わたしの古ぼけた雛人形を飾っているのですが、亜美さんも実家から持ってきていますよね。そろそろ出してあげた方が良いように思っていましたが、どうやら意外とそういうことには気のつく紺が言い出して、今年は亜美さんの雛人形を飾ったようです。いつか花陽がお嫁に行ってこの家を出るときには雛人形の一揃《ひとそろ》いを持たせてあげたいですが、さてそのときはどうするのでしょう。わたしのものはねぇ、古いばっかりなんですよ。

婚期が遅れることがないようにとちゃんと翌日にはしまい込んでいましたけど、藍子を見ていると関係ないようですね。

そんな春の三月十七日。

うららかな春の陽気が朝から気持ちよく窓から流れ込んできています。相も変わらず堀田家の食卓は賑やかです。

居間の座卓の上座には勘一がでんと腰を据えて新聞を読んでいます。チラシに一生懸命目を通しているのは実は研人でして、この子はどうしたものか広告のチラシを見るのが好きなんですよね。今日はどこそこでマーガリンが安いよなどと亜美さんに伝えてますので、将来は案外家庭的な男性になるのかもしれません。

白いご飯におみおつけ、ひじきとお豆の煮物、蕗《ふき》とぜんまいにだし巻き玉子、冷奴《ひややつこ》に海苔《のり》が並べられて、皆で揃って「いただきます」です。

「家庭教師ぃ？」

「五年生になったらクラス替えあるんだよねー」

「制服はもうでき上がったのぉ？」

「とにかく算数が苦手だから、中学になったらますます難しくなるから」

「セーラー服なんだよねぇ。いいねぇセーラー服ぅ」

「おい七味取ってくれ七味」

「なにがいいの？」

「家庭教師なんてそんなもん、うちには紺だって青だって亜美さんだって大学出が山ほどいるじゃねぇかよ。おいこりゃあコショウじゃねぇか？」

「そういえばおじいちゃんなんか違う鞄《かばん》ない？　新学期から使うの」

「エロオヤジかよ」

「あ、こっちが七味です」

「私も含めてみんな文系だから数学は全滅。それに花陽が家族に教わるのは嫌だって」

「ゼロハリバートンの鞄があるけどぉ、小学校に持ってくのは無理だろうねぇ」

「大じいちゃん、今日のおみおつけ葱だから七味は合わないいんじゃない？」

「お義父《とう》さん、そんなにセーラー服好きだったら私のがありますよ」

「七味は何にでも合うんだよ。それよりあてはあるのかよあては。きょうび家庭教師だって安かねぇだろ」

「すずみさんならまだセーラー服が似合うかも」

「それがね、花陽がいい人がいるって」

「いいねぇすずみちゃんのセーラー服姿ぁ」

「あぁカワイイかもね。青は見たことあるの？」

「写真でなら」

まったくどうして老いも若きも男はセーラー服が好きなのでしょうね。

今日の話題は学校のことばかりです。それもそうでしょう。もうすぐ花陽の卒業式。

そして花陽はこの春から中学生になるのですよね。研人も五年生になっていよいよ上級生です。

それにしても花陽がもう中学生だなんて、本当に月日の経つのは早いものですね。女の子ですから急に大人びていくのでしょう。

「で？　いい人って誰だよ花陽」

「藤島さん」

「藤島ぁ？」

あら、と皆が言いました。花陽が家庭教師にいいと思っていた人とは藤島さんですか。

「確かに理数系だよね。プログラミングやってるぐらいだから」

紺が頷《うなず》きます。

「早稲田の理工学部って言ってましたよ」

「へぇそうなんだぁ、後輩だったんだねぇ」

確かに我南人は早稲田大学に入学しましたが、苦労して行かせてやったのに学費を自分で使い込んで滞納で除籍になりましたよね。藤島さんもそんな男に後輩とは呼ばれたくないでしょう。

「冬休みに一度教えてもらったのよね」

藍子が言います。そういえばそうでした。本を買いに来たついでにカフェのテーブルで何やら問題集を拡《ひろ》げていましたっけ。

「すっごくわかりやすかった。塾に行くよりずっといい」

花陽が笑顔で言います。そうだったんですか。

「あ、藤島さんならさ、きっと大じいちゃんが一回で三冊まで買っていいってしたらタダで教えてくれるよ」

研人が言うと勘一がこつんと頭を叩《たた》きました。今のうちからそんなことを言っていては駄目ですよ。

「あいつだって社長さんだ。そんなことやってる暇なんざねぇだろ」

「頼んでみてもいいんじゃないの？　藤島くん、うちに来るのを楽しみにしてるらしいし」

紺が言うのを、勘一はむーんと顰《しか》め面をしました。

「ま、今度来たときにでもちょいと訊《き》いてみるか」

そう言えば以前に勘一は、藤島さんが藍子のことを好きなんじゃないかとかどうとか言ってましたよね。それは、どうなったのでしょう。

朝ご飯の片づけが終わると、バタバタしながらいつものようにカフェと古本屋と同時に開店です。

勘一とすずみさんが古本屋の方を、藍子と亜美さんがカフェの方をやるのはいつものことですが、ここのところは青がほとんど家に居てどちらかを手伝っています。添乗員の方はすっかりご無沙汰《ぶさた》になってしまい開店休業状態です。

正直言いまして古本屋とカフェの経営は決して楽ではなくて、青の添乗員としての稼ぎも我が家の経済の柱にはなっていたのですが、最近は紺の物書きとしての収入がなかなか馬鹿にならない稼ぎになっています。なので、紺の執筆の時間を取ってやるためにもと、青が居るのですよ。

そういう話をしますと、まぁ確かに我南人の稼ぎが一番大きいのですがね。未《いま》だに昔の楽曲の印税というのが入ってきていますし、若い方へ曲を提供したりしてそこそこ売れているようです。やはり我が家の大黒柱ですから。ふらふらはしているのですがやるときはやる、というのを見せていただきませんとね。

＊

朝の慌ただしさも抜けていった午前十時。

うららかな春の陽気に、我が家の猫たちはごろごろとしています。ベンジャミンの姿が見えませんのでどこかにお散歩に行ったのでしょうか。あの子は散歩が好きですから。最近すっかり元気のなくなってきた玉三郎は、縁側に誰かが置いた座布団の上で寝ています。玉三郎ももう年ですから心配です。犬のアキとサチの姿が見えませんが、研人が散歩にでも連れて行ったんでしょうかね。

土曜日ですから学校はお休みで花陽はどこかに遊びに行ったようです。主《あるじ》が居ない二人の部屋で紺と青が何やら話をしていますね。

「やっぱり狭いよなぁ」

「うーん」

実は花陽が中学生になるというので、先日にあれこれ話したのですよ。今は納戸《なんど》を改造したところで研人と二人で部屋を使ってはいますが、いつまでもそれでいいのかと。

「まぁ二段ベッドで寝るのはそれこそ研人が中学生になるまではいいとしても、勉強机ぐらいは個室っぽい雰囲気を作ってやらなきゃなぁ」

「だよね。中学生になると格段に勉強が難しくなるし」

「研人が隣で漫画読んでちゃ気も散るだろうし」

仲の良い二人ですから、別にこのままでもいいよと花陽は言ってはいるのですが。狭い家ですからこれ以上部屋の余裕はありませんしどうしたもんでしょうか。二人が部屋の窓から庭を見下ろします。

「これでさ」

「うん」

「藍子とマードックさんが結婚して、この家にそのまま住むなんて言ったら」

「大変だな」

それは確かに大変です。

「そうなったらいよいよ庭を潰《つぶ》してでも離れを大きくするか」

かつては勘一の書斎で、今は青とすずみさんの部屋になっている離れですね。二人でそこら辺りを見下ろしながらうーんと唸《うな》ります。何かと物入りの季節になってきそうですね。皆で一緒に仲良く暮らしていくのもなかなか大変です。

おや珍しい。午前中なのにカフェの方に真奈美さんがいらしてますね。

〈はる〉さんのカウンターの中に居るときの真奈美さんは和装ですのでいかにもおかみさんらしくみえますが、こうして普段の装いのときは三十代前半のまだまだ若々しいお嬢さんです。細身のジーンズがよくお似合いですよ。

カウンターに座ってコーヒーを頼んで、ちらっと家の中や古本屋の方の様子を窺《うかが》います。

「何かあった？」

藍子がどうかしたのかと訊きました。

「我南人さん、居る？」

「お父さん？　どっかに行ったと思ったけど」

亜美さんを見ると、亜美さんも頷きました。

「いつものように、気がつくと居なかったけど」

うん、と真奈美さん頷きます。そう言えば我南人が家を空けているときに、ひょっとしたら真奈美さんの部屋に居るのではないかという疑惑もあったのですが、まだ確かめていませんよ。わたしも何処《どこ》にでもひょいと顔を出せる身とは言っても、出歯亀《でばかめ》じゃあるまいしねぇ。

真奈美さん、少し悪戯《いたずら》っぽい笑顔を見せました。

「あのね。三日前にちょっと六本木ヒルズの方に行ったのね」

「うん」

「そうしたら、我南人さんが居たの」

「お父さんが？」

「ものすごい美人と一緒にお茶を飲んでた。カチッとスーツ着こなしてまだ二十代って感じの若い女の人」

「あら」

亜美さんが顰め面をします。

「見たことない人？」

真奈美さん頷きます。それからちょっと真面目《まじめ》な顔をしましたよ。

「でもね」

「うん」

「ただそれだけなら、あぁ我南人さんデートかぁ若いなぁいつまでもって思ったんだけど、様子がちょっと深刻そうだったのよ。女の人は真面目な顔っていうか、ほとんど泣きそうな顔をしてた」

藍子がおでこに手を当ててうーんと唸りました。亜美さんも小さくため息をつきますよ。まったくあの男は今度は何をやらかしたんでしょうか。どこかその辺に居ませんかね。

ちょっと外に出てみましたけど、あらっ、向こうでアキとサチを連れて散歩させているのは藤島さんですね。まぁどうしたんでしょう。そのままカフェの方にやってきました。

「こんにちは」

「あれっ、藤島さん」

「まぁ、どうしました？　アキとサチ」

藤島さん、いやぁと照れ笑いします。そのままアキとサチは綱を外されるとだだだっと家の中に駆け込んでいきます。お水を飲みに行ったんでしょう。

「途中の公園で研人くんに会ったんですよ。そうしたらアキとサチを連れて帰ってって頼まれまして」

亜美さんがまぁと恐縮します。いつも自分の車でいらっしゃる藤島さん、駐車場がちょうど公園の向こう側にあるのですよね。

「すいません、あの子ったら」

「いや、いいんです。ついでだし。犬好きですから」

ニコッと笑うと白い歯が見えます。相変わらず颯爽《さっそう》としたファッションですね。派手というわけではないのですが、一目で上質なものを着ているとわかります。

「何か飲まれます？　お世話になったからお店の奢《おご》りです」

「いやいや」

藍子に言われて藤島さん手を振りました。

「後で、ちゃんと自分でいただきます。まずはご主人の方へ」

古本屋の方を指さして、渡り廊下の方へ進みました。勘一の「おう！」という声が響いてきました。

「ご無沙汰です」

「ご無沙汰ってほどでもねぇだろ」

帳場で勘一がぎょろりと睨《にら》みます。

「忙しいのかい」

「貧乏暇なしですよ」

「おめぇに貧乏って言われちゃこっちの立つ瀬がないやな」

笑って勘一がいつものように藤島さんの差し出した紙を受け取ろうとしました。感想文ですよね。ところがその手がぴたりと止まりました。藤島さんが怪訝《けげん》そうな顔をします。

「そうだ」

「なんです？」

勘一にやりと笑いましたよ。

「ひとつ相談があるんだがな」

「僕に、堀田さんがですか」

藤島さん苦笑して言います。

「怖いなぁ、なんでしょう？」

「花陽の家庭教師を引き受けてくれねぇかと思ってな」

「家庭教師？」

勘一がうむ、と腕組みしてまぁ座れやと帳場の横を指さします。すずみさんが家の中からお茶を持って現れました。いいタイミングですね。

「藤島さん、お茶どうぞ」

「すいません、いただきます」

「花陽もよ、この春から中学生なんだよな」

「そうですよね。早いですね」

初めて会ったときにはまだ四年生でした、と藤島さん、お茶を飲んで微笑《ほほえ》みます。

「どうも家系でよ、算数とか数学とかが苦手らしいんだなこれが」

あぁ、と藤島さんが頷きました。

「この間、ちょっと問題集を手伝いましたよ」

「そうよ。それですっかり花陽はおめぇの教え方が気に入ったらしくてよ。塾に行くまでもないから家庭教師になってほしいって言い出したんだこれが」

「花陽ちゃんが言ったんですか？　僕にって」

「おうよ」

「それは光栄ですね」

煙草《たばこ》に火を点《つ》けながら勘一が続けます。

「まぁおまえさんも忙しい身だろうからさ。毎度毎度ってわけじゃなくてもいいさ。なんだかんだ言って、週に一回は来てるだろ？」

「そうですね。本当は毎日でも来たいんですけど」

「できれば花陽がうちに居るときに来てもらってよ。ついでに、ほんの小一時間ぐらい勉強を見てもらうってわけにはいかねぇかな。もちろんタダって話じゃねぇよ。きちんとお礼はさせてもらう」

　藤島さん、手を顔の前で振って言います。

「そんな、お礼なんて受け取れませんよ。花陽ちゃんに頼られたのに断っちゃ男がすたります。タダでやらせてもらいます」

「いやいや、そこんところのけじめはきちんとしねぇとな。あれだよ、今後はレポート一枚につき、二冊、いや三冊まで買っていいってことで手を打たねぇか」

　にやりと笑う勘一に、藤島さんも笑顔で返しました。

「そんなところだろうと思ってました」

　すまねぇな、と勘一が言ったところで、からんころんと音がして古本屋の方の扉が開きました。見ると初老の男の方が入ってきましたね。あ、何か荷物を転がしていらしたようですが引っ掛かったようですね。すずみさんが向かおうとしたのを制して藤島さんが手伝います。すいませんね本当に。

「いや、すいませんでした」

「いえいえ」

　段ボールを、キャリヤーって言いましたっけ、アルミ製の車輪がついたものに括《くく》りつけて持ってこられたようですね。売り物でしょうか。

「いらっしゃい」

「あぁ、すいません。こちらでは買い取りもしていただけるんでしょうか」

「もちろんですよ。そいつがそうですか？」

初老の方が頷きます。

「なかなか重くて骨が折れました」

「結構な量ですな」

段ボール二つ分、何冊ぐらいでしょうね。

「五十冊あるのですが」

「ちょいと拝見」

帳場の上に置くのをまた藤島さんが手伝ってくれました。すずみさんがお客さんに椅《い》子《す》をお勧めします。お見かけしない方ですから、遠くからいらしたんでしょうかね。

「お近くにお住まいですか？」

「いや、ちょっと離れてますけど」

「どなたかのご紹介で？」

勘一が訊きました。

「いやぁたまたま知人に聞きましてね。ここなら本を大切に扱ってくれると」

それは嬉《うれ》しいですね。珍しく勘一がにっこりと笑います。昨今はねぇ、古本を古本と思わないようなお店も増えています。それはそれで時代の流れというものかもしれませんが淋《さび》しいことでもありますよね。勘一が本を段ボールから出して文机《ふづくえ》の上に置いていきます。

そういえばこの文机もね、割りとぞんざいに扱われてはいますが随分と由緒ある品物なんだそうですよ。その昔に森鷗外《もりおうがい》さんが使っていらしたものだとかなんとかという話が伝わっています。本当かどうかはわかりませんが、もしそうだとしたら骨董《こっとう》的な価値は随分あると思うんですが。

「ふぅむ、ほとんどが近代文学って感じですかね」

「そうらしいですね。実は家内が集めたものなので、私はよくわからんのですが」

勘一とは対照的に細身の方ですね。お年は七十そこそこといった感じでしょうか。豊かな銀髪がご立派です。

「奥さんのもの、てぇと」

「あ、いや」

勘一が疑問符をつけると初老の方、慌てて説明しました。

「家内はもう先に逝ってしまいましたから、今は私のものです」

「なるほど」

そいつはご愁傷さまでしたな、いや私も連れ合いに先立たれましてね、などと勘一は話しながら本を出していきます。

「飯田蛇笏《いいだだこつ》、いいですなこれは、植草甚一《うえくさじんいち》さんに直木三十五《なおきさんじゅうご》に二葉亭四迷《ふたばていしめい》、とね。なかなかバラエティに富んでらっしゃる。どうです？　少々お時間が掛かりそうなんでね、隣でカフェをやってるんですよ。お代はいりませんからコーヒーでも」

「あぁ、そりゃいいですね」

「それじゃどうぞ、あぁ、お名前は？」

「橋田《はしだ》と申します」

すずみさんに案内されて橋田さん、カフェの方に移動します。勘一は一冊一冊丁寧に箱から取り出していきます。ああいう手付きをするときにはなかなかいいものが揃っている証拠ですね。

本棚の間を歩き回っていた藤島さん、一冊の本を持って戻ってきました。持ち込まれた本を興味深げに見ます。

「じゃ、これを」

「おう」

お金を支払って、藤島さん、店内をゆっくりと見回します。気のせいでしょうか、なんだか少しいつもと様子が違うようにも感じるのですが。

「堀田さん、先程の家庭教師の件ですが」

「あぁ、いつからでもいいよ。忙しいだろうからさ」

「いえ、とりあえず明後日《あさって》から三日間集中的にどうでしょう。中学入学準備ということで。花陽ちゃんは何か予定がありますかね」

勘一がちょいと怪訝そうな顔をします。

「そりゃあ助かるけどよ。花陽も一日のうちのどっかで都合はつくだろうし。でもいいのかよそんな急で仕事の方は」

藤島さん、にこっと微笑みます。

「大丈夫です。その後のことはまたおいおいってことで」

二

さて、四日程が経ちまして、明日はいよいよ花陽の卒業式です。

花陽と研人が通う小学校では、それぞれが進む中学校の制服を着て参加しても良いことになっていますので、花陽が仏間で試しに着替えています。

「大丈夫ね」

藍子がその姿を見て微笑んでいます。

可愛らしいですね。あら、勘一も店の方から覗《のぞ》き込んで目尻が垂れていますよ。

「うん。全然平気」

「おっ、いいじゃん」

青が居間に入ってきて、花陽のセーラー服姿を褒めます。本当に急に大人っぽく感じられるのはどうしてでしょうね。けれどもあれですね、花陽はあまり藍子には似ていないと思っていたのですがどうでしょう。こうしてセーラー服を着るとなんだか似てきたような気もします。だんだんそうなっていくのでしょうか。

「明日か。皆行くの？」

「私はもちろん行くけど」

お店を休みにするわけにもいきませんからね。父親代わりで誰が行くかということになりますけど、さて誰になるのでしょうか。

「花陽は誰がいい？」

「誰でもいいよ。大じいちゃんでもおじいちゃんでも紺ちゃんでも青ちゃんでも」

雁首《がんくび》揃えて行くのは花陽が恥ずかしがるでしょうからね。たぶん今晩あたりにジャンケンで決まるのではないでしょうか。

「おい、紺はどこへ行った？」

勘一が皆に言いました。

「さっき、お父さんと蔵の中に入っていきましたよ」

「蔵？　我南人もか。珍しいな」

「何か探し物があるみたいで」

「へぇ」

確かに珍しいですね。紺がいろいろと資料を探しに蔵に入り浸るのはいつものことですが、我南人は滅多に入りませんからね。

「こんにちは」

あら、藤島さんの声ですね。いつの間にか約束していた四時になったようです。花陽の家庭教師の時間です。三日間の集中講義も今日で最後ですね。花陽が制服姿のまま、お店に顔を出しました。藤島さん、思わず顔がほころびました。

「へぇ、似合うね花陽ちゃん」

あら、花陽が照れ笑いをしてますね珍しい。藍子もご挨拶《あいさつ》に隣に並ぶと、藤島さんはゆっくり頷きました。

「やはり、似ていますね。親子なんですね」

「そうですか？」

このまま勉強しちゃおうかなという花陽に藍子が皺《しわ》になるから脱いで、と言います。

「藤島さん、どうぞ」

居間の座卓でお勉強ですね。しっかりやってください。

「じゃ、失礼します」

我南人が珍しく蔵に籠《こ》もっているというので勘一がお店をすずみさんにまかせて蔵に入っていきます。

中二階の方で何やらごそごそやっているようですね。勘一が階段を昇っていきました。

「おい」

「あぁじいちゃん」

「何してんだ二人で珍しい」

我南人と紺が顔を見合わせます。その手元には、古新聞やら切り抜きのスクラップやら新聞の縮刷版が並んでいます。

「親父《おやじ》ぃ」

「なんでぇ」

我南人が、ちょっとこれを見ろ、と目配せします。

「なんだよ。古新聞がどうしたよ」

昔の新聞を取っておくのも我が家の重要な仕事のひとつなのです。何せ先代は新聞社を興《おこ》して世間に広く正しきことを広めようとした方ですからね。古くは明治時代の新聞も数多くこの蔵には眠っています。

我南人が指し示した新聞の記事を勘一が眺めます。

「これが、どうした？」

続いて我南人が示したものを見て、勘一は思わず眼を見開きました。さて、何でしょう。ただでさえ薄暗い蔵です。三人が邪魔でわたしには記事がよく見えないのですが。

「おい！　こいつは」

紺が人差し指を口に当てます。

「まだ皆には言わないで」

「ちょっとねぇ、この件で頼まれ事をしちゃってねぇ」

我南人が少々困ったような顔をしています。これもまた珍しいですね。

「しかしこりゃあ」

勘一が唸りました。

「あいつ、こんなことを抱えてやがったのか」

＊

古本屋の方ですずみさんがお客さまの相手をしていますね。何か本を一冊買われたようです。袋に入れてすずみさんが手渡します。

「ありがとうございました」

初老の方がすたすたと歩いて店を出て行きました。すずみさん、その後ろ姿を見て、少し首を傾《かし》げていますね。なんでしょう。青がその様子を眺めていてすずみさんに声を掛けました。

「どうした？」

「うん」

すずみさん、台帳を拡げました。何やら本のリストを指で追っていきます。今現在棚にどの本が出ているのか、その本はいつどこで手に入れたものなのか、そういうことがこの台帳には記されています。まぁこのコンピュータ全盛の時代に時代錯誤も甚《はなは》だしいのですが未だに手書きでこういうことをやっているのですよ。もちろん、同じ内容のものはちゃんとパソコンにも入力されていくのですが。

「やっぱりかなぁ」

「やっぱりってなんだよ」

青が台帳を覗き込みます。

「今売れたこの本ね」

「うん」

「四日前に持ち込みで買った本を出したものなの。『海野十三《うんのじゆうざ》傑作選』」

「あぁ」

「でね、買っていったさっきの人、この本を持ち込んできた人みたいなの」

「え？」

青とすずみさんが顔を見合わせました。

「本を売った人が、自分が売ったその本をまた買っていったのか？」

「そう」

「なんだそりゃ」

わたしは気づきませんでしたが、確かに初老の男性の方でしたよね。自分で売った本をまた買ってもそれは特に罪でもなんでもないですけど。

「変だよね」

「確かにね」


カフェの方では藍子と亜美さんがカウンターの中で洗い物をしています。一通り終わって二人がタオルで手を拭《ふ》いて、藍子がちょっと家の中を覗き込みました。居間では藤島さんが花陽に勉強を教えていますね。

「ちゃんとやってます？」

「うん」

藍子と亜美さんが顔を見合わせて微笑みます。

「なんかねぇ」

藍子が自分用のマグカップを手に取り、中に入っていたコーヒーを一口飲みました。

「なんです」

「花陽なんだけど」

「花陽ちゃん」

「藤島さんのこと、好きなのかしらって思って」

亜美さんが、あ！　と小さく言って笑いました。

「実は私もちょっと思ってた」

「やっぱり？」

花陽が、藤島さんをですか。二人はにこにこしてますね。

「初恋っていうか」

「そうそう。だってあの子があんな顔をして勉強してるなんて、びっくりなんだもん」

「自分で藤島さんに教えてもらいたい、なんて言ったのもそうですよね」

初恋ですか、花陽が。そう言われてみれば、確かに花陽は本当に嬉しそうに勉強してますね。心なしか藤島さんを見る瞳《ひとみ》がハアト形になっているような気もしますね。まぁ、花陽がですか。そんなふうに思ってしまうお年ごろですか。

「いい男だしねー藤島さん」

「仕事もできるしお金もあるし優しいし、我が娘ながら男を見る眼はあるかなって」

「私たちよりね」

「そうそう」

二人でくすくす笑います。今ごろ紺などはくしゃみしてるかもしれません。年の差がありすぎますけど、そういえば花陽は以前は青が大のお気に入りでしたし、基本的に面食いなのかもしれませんねぇ。まぁまだまだ子供の花陽のことですから温かく見守ってあげましょうか。


夜になりまして、食卓に皆が揃っています。〈食事は家族揃って賑やかに行うべし〉というのが家訓ですから、お店の方は大体七時ぐらいに閉店します。けれどもですね、実はカフェの方をもっと遅くまでやってほしいという声が特に若いお客さまから大変多くて、さてどうしようかと思っていたのですよ。なので青が本格的に家の仕事に精を出してくれるのなら、それもいいんじゃないかという話をしています。

「確かにカフェで七時閉店ってのは早過ぎるしね」

紺です。

「でもそれがいいんだって話もありますけど」

すずみさんです。

「夜十時ぐらいまで俺《おれ》とすずみがやるとかね。そうすれば藍ちゃんと亜美さんは休めるし次の日の準備もできるし」

「そうなったらすずみちゃんだっておめぇ古本屋の方とカフェの方で出ずっぱりじゃねぇか。いくら若くたって疲れるぞ」

それもそうですよね。働き者のすずみさんのことですから、一生懸命になってやり過ぎて身体《からだ》を壊しては元も子もないですよね。

「古本屋の方といえば旦那《だんな》さん」

「なんだい」

「あの、四日ほど前に本を売りに来たおじいさんがいましたよね」

勘一がおみおつけの椀《わん》を持ったまま天井を見上げて考えます。

「おお、いたな。あれだろ、五十冊持ってきた人だろ」

「そうです。あの人なんですけど」

「どうした」

「自分で売った本をまた買っていったんです」

「なにぃ？」

夕刻でしたよね。あの後すずみさん、変に思って台帳をさらに調べたそうです。

「四日前に持ってきて、売れそうな本ばかりだったのですぐに整理して次の日にはお店に並べましたよね」

「そうだな。なかなか手頃ないい本が揃ってたしな」

「もう既に三冊買われているんですよ。私や旦那さんがいないときに二冊、今日、私のいるときに一冊」

　青が頷きました。

「すずみに言われて思い出したら、確かに俺のいるときに買ってったよ。細身のおじいさんだよな、七十かそれぐらいのロマンスグレイのじいさん」

「おお、そうだ。見事な銀髪だったよな。間違いねぇのか」

「たぶん」

　皆がふぅむ？　と首を捻《ひね》りました。

「それは一日に一冊ってこと？」

　亜美さんです。すずみさんが頷きました。

「なんででしょうね」

「買い戻したいんじゃないの？」

　花陽がお箸《はし》を振り上げながら言います。お行儀が悪いですよ。

「買い戻したいんならそうやって言うだろう。わざわざ一冊ずつ黙って買っていかなくても」

紺ですね。

「それねぇ」

我南人です。

「その方ぁ、こういうふうに言うのは失礼だけどねぇ、惚《ぼ》けちゃっているとかそういうのはないのかなぁ」

あぁと皆が頷きます。

「近所の人じゃないの？」

「違うって言ってました。でも、売りにこられたときにはとてもしっかりしてましたよね」

「そうだな。そんなふうには見えなかったなぁ」

勘一とすずみさんが頷きました。

「それに、なんだか不思議なんですけど、変装しているみたいなんです」

「変装？」

「今日はサングラスに帽子を被《かぶ》ってました」

「マスクもしてたぜ」

それはまた奇妙なことをなさいますね。皆はへぇぇと声をあげながらご飯を食べます。

「まぁあれだ、確認もしてねぇのに迂闊《うかつ》なことは言えねぇやな。しばらく店に座る奴《やつ》は注意して見てみようや」

ところで花陽の卒業式には誰が行くことになったのでしょうね。

三

それから三日ほど経ちました。

花陽の卒業式は無事終わり、研人と一緒に短い春休みに入っています。結局卒業式には藍子と勘一が出かけていきました。老い先短い俺に行かせるのが人情ってもんだろうと勘一が言ったのですよね。なんだかんだ言って孫や曾孫《ひまご》が大好きな勘一です。花陽の晴れ姿に眼を潤ませていましたよ。もちろんわたしもご一緒させていただきました。わたしだってね、老い先はとっくに終わってますけど、いつまでこのままでいられるかもわかりませんからね。

あら、マードックさんがカフェの方にいらっしゃいましたね。スケッチブックやカメラを抱えています。どこかへお出かけでしょうか。藍子もそう思ったのか訊きましたね。

「そうしがやのほうへいきます」

日本の古いものが大好きなマードックさん。雑司が谷の方にも風情《ふぜい》あるものが多く残っていますからね。そういうものを自分の作品の題材にするために行くのでしょう。

「あ、俺も行こうかな」

たまたまカフェの方でコーヒーを飲んでいた紺が言いました。

「いきますか？」

「資料集めるのにちょうどいいから。一人で行くより楽しいしね。いい？」

「もちろんです。いっしょに、いきましょう」

下町やら古き良き日本に関する本を出してなかなかの評判をいただいた紺は、そういう本の続編を出せるようですね。そのための取材でしょう。

そういえばわたしも向こうの方にはとんとご無沙汰しています。仲の良かった友だちのお墓もあちらの方にあります。まぁこんな姿で墓参りされても向こうはとまどうかもしれませんけどね、ちょいと一緒に行ってみましょうか。


この辺りは空襲などの戦禍も免れたところが多く、古い町並みが本当によく残っていますよね。わたしたちの住むところと本当に近しい雰囲気が漂っています。大学なども多いところですから学生さんの姿もありますし、賑やかさと静けさが本当にほどよく融《と》け合ったいいところですね。

古い家や蔦《つた》の匍《はらば》う板塀や石壁、ひなびた商店街や猫の眠る住宅街の日溜《ひだ》まり。そういうところをマードックさんと紺はあちこち歩き回り、写真を撮りスケッチをしていきます。

「ぼちに、いってみましょうか」

「雑司ケ谷霊園？」

「そうです」

有名なところですよね。文豪や有名人のお墓も多く、こう言ってはちょいとなんですが、観光地のような雰囲気もあります。平日の昼日中ですが、そぞろ歩く方も何人かいらっしゃいますよ。

同じようにふらふらと散策をしている二人でしたが、ピタリと足が止まりました。なんでしょう。

「あれ？」

「あれは」

二人の視線の先を見遣《みや》ると、あら、あれは藤島さんでしょうか。小さなお墓の前でしゃがみこんでお線香をあげていらっしゃいますね。あの後ろ姿は確かにそうです。どなたかのお墓参りでしょうかね。

「声を掛けない方がいいのかな」

「どうでしょうね」

偶然ですが、確かにお墓参りというのは非常にプライベートなことですからね。身内ならともかくも赤の他人の藤島さん。見なかったことにして通り過ぎるのもマナーというものでしょうか。

ところが何かの気配を感じたのでしょうか。藤島さんがひょいと頭を巡らせてこちらを見てしまいました。おや、というふうに眉《まゆ》が上がって、笑顔を見せて会釈をしてくれました。どうやらご挨拶をしても問題ないようですね。紺とマードックさんが歩み寄りました。

「ぐうぜんですね」

「本当に。取材ですか？」

藤島さんがマードックさんの持つスケッチブックやカメラをみとめて訊きました。

「そうなんです。コンちゃんもいっしょに」

マードックさんと藤島さん、どちらも我が家の常連さんということでもちろんお互いに面識はあります。藤島さんはマードックさんの絵や版画をとても気に入りまして、買い上げて会社の応接室なんかにも飾っているようですよ。そういう方面にもとても造詣《ぞうけい》が深いんですよね。

そういうふうに考えますと、学歴もあってハンサムで社長さんでセンスも良くて、と藤島さんは本当に憎らしいぐらいいい男ですね。まぁハンサムという点では青も負けてはいませんが、他の我が家の男どもにそのどれかひとつでも分けて欲しいぐらいですけど。

「手を合わさせてもらって、いいですか？」

紺が訊きます。そうですね。どなたのお墓かはまだ伺ってませんけどこういうところで会ったんですからそうするのが礼儀というものでしょう。藤島さんも頷いて、身体を脇《わき》に寄せます。マードックさんと紺がお墓に向かって手を合わせます。

「ありがとうございます」

藤島さんが頭を下げました。お墓の方には先祖代々の墓、とありますから藤島家のお墓なのでしょうか。

「姉の、命日なんですよ」

藤島さんが静かに言います。お姉さんですか。

「おねえさんが、いらっしゃったんですね」

マードックさんです。紺が頷きました。知っていたのでしょうか、わたしは初耳でしたけど。

「僕が十二歳のときにね、死んでしまったんですよ。五つ上で、優しい姉でした」

思いついたように藤島さんが胸ポケットから何かを出しました。免許証入れでしょうか。上等そうな革のそれをパチンと開くと、少し古ぼけた写真が入っています。女性が微笑んで写っている写真が入っていますね。

「おねえさん、ですか」

マードックさんが見て、少し眉が上がりました。紺も口元が少々尖《とが》りましたね。

「我ながらシスコンなのかなぁと思います」

せっかくだからお茶でも、と三人で近くのカフェのテラスでテーブルについています。

藤島さんが苦笑して言いましたよ。

「本当にね、優しい姉で、いつも僕の面倒を見てくれていたんです」

五つ違いますとそうなるでしょうね。藤島さんが十二歳となるとお姉さんは十七歳ですか。高校生で、まだ小学生の弟となると可愛くて仕方がない頃じゃないでしょうか。

けれどもねぇ、そんな若くして亡くなるなんてね。本当に悲しいことです。

「お葬式のときにはわんわん泣いてね。もうこれ以上悲しいことなんて一生ないんじゃないかっていうぐらい、悲しかったなぁ」

今となっては笑顔で語れるということでしょうか。藤島さん、紅茶を飲みながら微笑んで言います。

「マードックさん、ご兄弟は？」

「いないんですよ。ひとりっこなんです。だから、ほったさんのうち、とてもうらやましいです。あこがれます」

「あぁ」

藤島さんが笑顔で頷きました。

「僕もです」

二人ににこっと微笑み掛けられて、紺が首を横に軽く振りました。

「二人ともあれだよ、我が家に理想を見過ぎているよ。藍子だってねぇ、あれで昔はけっこうキツイ女だったんだから」

「そうなんですか？」

「年子だからさ、何かと張り合うんだけど小さい頃は女の子の方が強いじゃない。だからさ。僕はあいつに何度殴られたり三輪車を奪われたり階段から落とされたりして泣いたことか」

二人が大笑いします。

「かいだんから、おとしたのですか？　あいこさんが？」

「そうだよ。俺がなんでかわからないけど階段に寝てたんだよ。そうしたらあいつが『じゃま！』とか言って俺を蹴《け》りやがって、そのままゴロンゴロンと下まで転がってった。俺は『蒲田《かまた》行進曲』のヤスかっての」

「『ヤスー！　上がってこいー！』ですね」

そんなことありましたかね。まぁ確かに藍子は小さい頃は今じゃ信じられないぐらい活発な子でしたよね。落ち着いていったのは、そうですね、青が我が家に来てからでしょうか。

「青だってさ、自分だけ母親が違うってわかったときには荒れたしさぁ」

「そうなんですか」

「もう髪の毛なんかこんなにしてさ。夜中にワルい連中とツルんで騒いで学校の窓ガラス割ったり、バイクでその辺を爆音立てて流したり。何度警察のお世話になったかわかりゃしないからね」

「そんなに？」

藤島さんが驚いています。

「おちついたのは、いつごろなんですか、どうしてなんですか？」

「そりゃあもう、親父だよ」

紺が苦笑します。

「反抗ってのは、何かにぶつかって反発があるからやりがいがあるんであって、青の場合は反抗の対象は親父じゃないか」

「そうですね。ガナトさんへのはんぱつがあったんでしょうね」

「ところがどっこいあの親父だからさ。何をやっても『いいねぇ、反抗はロックンロールだねぇ』とか言って笑ってもう暖簾《のれん》に腕押し状態。あれじゃやる気も失《う》せるってもんだよ」

お二人はまた大笑いします。

「今でも覚えてるけど、青と仲間が暴走行為で一斉検挙されて、親父が警察に呼び出されてさ。ところが親父はそのときツアー中で。『しょうがないねぇ』とか言って機材積んだガルウィングの十トントラックで警察の駐車場に乗り込んでさ」

「どうしたんです？」

「警察も驚くよね。正面玄関前に横付けされたガルウィングトラックの荷台がグワーッて開いてすわテロかと思ったら親父のバンドがスタンバイしてて、そこでいきなり『ロックンロールッゥ！』とか言ってギャンギャン演奏しだして最後には騒乱罪とかなんかで逮捕されて」

「あ！　知ってますよその事件。新聞にも載りましたよね！」

藤島さんが嬉しそうに言うと紺が顰《しか》め面で頷きます。

「青は『かなわない』とか言ってもうそれっきり」

そんなこともありました。考えてみれば変わった親や姉弟に挟まれて、常識人の紺は随分と苦労したものですよ。まぁそれは未だに続いているのかもしれませんけど。

「まぁいろいろと苦労もあるんだよ」

「そうですね。コンちゃんも、たいへんですね」

「マードックさんもさ、本当に藍子と結婚したいんだったら覚悟しておいてよ。家族の一員になるんだからね」

マードックさん、また額まで真っ赤になって頷きます。藤島さんがちょいと頭を傾げました。

「マードックさん」

「はい」

藤島さん、もう一度あの免許証入れを開きました。お姉さんの写真が見えます。この写真なんですけど、気になるんですが。

「さっき、僕、シスコンって言いましたよね」

「そうですね」

「姉、似てるでしょう?」

微妙な笑みを浮かべました。二人がやはり微妙な表情で頷きます。そうなんですよ。この藤島さんのお姉さん。どこか藍子に似ているのですよ。

「宣戦布告ってわけじゃないんですけど、〈東京バンドワゴン〉に通いだしたきっかけって、もちろん魅力的な古本屋だったからなんですけど、藍子さんがいたからっていうのが大きいんですよ」

紺が眉を顰《ひそ》めて右眼が小さくなりました。マードックさんの表情が固まってしまいました。

「いや、それ以上にご主人の男気に惚《ほ》れたっていうのもあるんですけど」

「それは、あの、ふじしまさんも、あいこさんをあいしてるってこと、ですか。そうかんがえたほうが、いいんですか？」

藤島さん、ゆっくりと頷きましたよ。

「波風立てようなんて気はありませんけどね」

にこっと笑いましたけど、ねぇ、これはもう立派な宣戦布告ですよね。

＊

夜になりました。今夜は研人のリクエストですずみさんの作るカレーになったようです。カレーライスというのは本当にその家によって味が違いますよね。我が家でも藍子と亜美さんの作るカレーは全然違うんですよ。もちろん藍子の作るカレーというのは秋実さんのカレーの味なんですけど。

すずみさんのカレーというのは鳥肉を使っています。市販のカレールーはもちろん使うのですが、他にもかなりいろんなスパイスを入れるようです。なんでも十三種類入れるとか。まだ子供の研人には少し辛いんじゃないかということでしたが、意外にもお気に入りになったようです。

「俺はやっぱり藍子の方がいいがね」

勘一です。藍子の作るカレーは豚肉を使っていましたね。とろみもあってすり下ろしたリンゴも入って昔ながらのカレーという感じです。

「わたしは亜美さんの方がいいなぁ」

花陽です。亜美さんのカレーは個性的でしたね。鳥肉を使うのは同じですけど、たまねぎの量がそれはもう半端ではなく、それをじっくりと炒《いた》めて一日仕事でしたよね。お水もほとんど使わずに野菜から出る水分だけで作っていました。

「そういえば旦那さん」

「おう」

勘一がスプーンを口にしたまま答えます。

「やっぱり毎日買いに来てます。あの人」

「あのおじいさん？」

「そうなんです」

やはりそうなんですか。お名前は何といいましたっけ。

「橋田さんだったか？」

「そうです。間違いありません」

「どら、台帳持ってきてくれや」

すずみさんが立ち上がって店から台帳を持ってきます。勘一がカレーの皿をよけて座卓の上に載せました。

「うーん、小沼丹《おぬまたん》、江戸川乱歩、坪内逍遥、寺山修司っと。なるほど確かに全部売りに来た本だわなぁ」

「あ、でも元からうちにあった本を買ったときもあったんですけど、ほら江戸川乱歩なんかそうですけど」

「本自体は違うけど同じってやつか」

「そうです」

まぁ乱歩さんなんかはね、割りと多く揃ってますからどれが自分が売った本だかわからなくなりますよね。

「何でしょうね？」

亜美さんの問いに皆がうーんと唸ります。自分が売った本を毎日毎日一冊ずつ買い戻していく。

「やっぱり変装してるの？」

青が訊きますとすずみさん頷きます。

「変装というか、印象を変えるって感じかな。いつもマスクをしてるし眼鏡《めがね》を変えたり帽子を変えたり」

「それじゃあ、惚けてるってことでもないんだねぇ」

我南人です。確かにそうですね。

「はっきりと、自分で売った本を買い戻していくのは変だからバレないようにって考えてるんだねぇ」

「わかっちゃったけどな」

「何の目的だろうね」

紺です。さてわかりませんねこれは。

「ちょっとよ、買い取った本のリストあったろう」

小沼丹、江戸川乱歩、坪内逍遥、寺山修司、飯田蛇笏、植草甚一、直木三十五、二葉亭四迷、石川達三、北原白秋、国木田独歩とまぁ錚々《そうそう》たるお名前が並んでいますね。カレーライスも食べ終わって皆がお茶やらを飲みながらリストを眺めています。

「何か共通点でもあるのかな」

「さてなぁ。坪内逍遥さんなんかはじいさんと親交があったみたいだけどよ」

「二葉亭四迷は坪内逍遥と師弟関係と言ってもいいですよね」

すずみさんです。そういえばすずみさん、卒論は二葉亭四迷がどうたらこうたらでしたよね。

「そうよな。おぅそういや逍遥門下と言ってもいい連中がごろごろしてるってわけか」

「坪内逍遥と言えば〈早稲田文学〉だねぇ」

我南人です。一応そういうことは覚えているんですね。

「江戸川乱歩も早稲田だよね。あぁ植草甚一さんもそうだよ」

「そういや飯田蛇笏もそうじゃねぇか。早稲田だよ」

「なんだか早稲田ばっかりなのね」

「あ！　ちょっと待ってよ」

青が何か思いついたようです。店からノートパソコンを持ってきて立ち上げました。我が家はこんな古くさい家ですけど、なんですかそのインターネット回線とか言いましたか。無線でどこでもそういうのが使えるんだそうですよ。

カチャカチャと何かを操作します。画面に出てきましたものを見て、皆が「あぁ」と声を上げました。さて何でしょう。

「文字通り〈早稲田文学〉ってわけかい」

「全部、このリストに載ってる作家さんなのね」

どうやら、伝統ある〈早稲田文学〉のホームページで、〈早稲田文学〉ゆかりの作家さんのリストと、あの橋田さんが売りに来た五十冊の本の作家さんがぴたりと重なるようですね。皆が一様になるほどと頷きましたけどねぇ。

「例えばあれだ、この本は奥さんの本だって言ってたから奥さんが早稲田の文学部出身で関係者だったとかな」

「趣味としてこういうふうに集めていたっていうのはまぁ充分に考えられるね」

皆が頷きます。それ自体は取り立てておかしなことではありませんね。

「それはいいとしてよ」

「だよね」

さらに皆が首を捻ります。そうですよね。それはまぁそうだとしても、売った本を一冊ずつ買っていく理由はさっぱりわかりません。

「まぁ何の実害もねぇけど、気になるっていやぁ気になるな」

四

次の日です。まだお昼前のこと。古本屋の方にお客さんがやってきました。

あの方ですね。橋田さんです。あら、今日は和装でいらっしゃいました。大島紬《おおしまつむぎ》でしょうか。なかなかお似合いですね。お店の方には勘一が座っていますが「いらっしゃい」と声を掛けたまま放っておきます。ですが、カフェの方では青が準備していますね。様子を窺っています。

放っておいてもいいものですがどうにも気になりますからね。一応調べてみようということになりました。この後、橋田さんが本を買って店を出るのを青が尾行しようというのです。どうせわたしも暇ですからね。一緒についていってみますよ。

例によって橋田さん、一言も言わずに本を一冊買って出て行きました。これもあれですね、ご自分で持ち込んだ本なのでしょう。念のために全部棚には入れておきました。他の方が買いたいと言ってきたときにはあいにく予約が入っていて間違えて棚に並べたと言い訳しようと決めておいたようです。

橋田さん、本を買われた後は脇目も振らずに駅の方へ歩いていきます。青も少し離れて後をついていきます。

いいお天気ですね。ここのところは随分といい陽気が続いています。あぁ、駅に続く坂のところにいつものように猫がたくさん日向《ひなた》ぼっこをしています。

この坂に集まる猫は飼い猫も多いのですが、祐円さんの神社の境内に住み着く半野良の猫も多いですよね。見慣れた模様の猫たちが思い思いに過ごしています。

橋田さん、猫好きなのでしょうか。ちょっと近寄ってしゃがみこみ、咽《のど》を撫《な》でたりしています。

青は少し路地に入ってその様子を眺めていましたが、いきなり誰かに後ろから肩を叩かれて驚きました。

「あ」

その方、驚く青ににこっと微笑みます。そして静かに、というように人差し指を唇に当てました。いつの間に近くに寄ってきたのでしょう。さすがですね。わたしもまったく気づきませんでしたよ。

ちらっと橋田さんの方を見て、青に言います。

「あの人がどうかしたのかい？」

元・刑事の茅野《かやの》さんがソフト帽に白いシャツ、淡いベージュのズボンに朱色のサスペンダーという洒落《しゃれ》た格好で微笑みました。

「先輩かい。茅野さんの」

「そうなんですよ」

そのまま家に戻ってきた青と茅野さんです。居間の方に上がってもらって勘一と話を始めました。

「いや、お店に寄ろうと思ったらね、橋田さんが出てくるじゃありませんか。こりゃ奇遇と思ったら青くんが後をつけだした。こりゃあなんだろうと」

茅野さんが笑います。

「するとあれかい。ひょっとしてその橋田さんに我が家を紹介したっていうのは」

「そうです。私です」

随分とお世話になった先輩刑事さんでなんでも昔は〈鬼〉とも呼ばれた方だそうですよ。怖そうですけど今はそんなふうには見えませんねぇ。

「ずっと殺人専門でね。所謂《いわゆる》捜査第一課ってやつですよ。上に行くより現場で歩き回る方が好きだっていう根っから現場体質の人でねぇ」

「人は見かけによらないねぇ」

「ところでまだ訊いてなかったんですが、どうして橋田さんを？」

実はこれこれこういう事情でと勘一が茅野さんに説明します。茅野さん、ふんふんと頷いて、なるほどねぇと腕を組みました。

「確かに、おかしなことをしますねぇ橋田さんも」

「だろう？　なんか心当たりはあるかい」

さーてと天井を見上げました。

「橋田さんですね、もちろんもう定年退職なさって十年以上ですね。奥さんと二人でのんびりと余生を過ごしてらっしゃったんですが、二月ほど前ですかね。奥さんが亡くなられまして」

「あぁ、そうだってな。がっくりなさったんじゃねぇのかい」

茅野さん、少し顔を顰《しか》めて頷きました。

「そりゃもうね。けれどもねぇ、奥さんがいないと何にもできないって人じゃありませんでしたからね。つい一月ほど前にもお邪魔していろいろ話したんですが、もうすっかり気持ちの整理もできてましてね。こりゃあ大丈夫だなと。そういえば」

「どうした」

「古本屋の話もそのときにしたんですよ。奥さんの蔵書をね、売りに出したいんだけどお前なら良心的な古本屋を知ってるだろうと」

「それでうちを」

青です。茅野さんが頷きました。

「奥さんはよっぽどの読書家だったんだな」

「いや、それがねご主人」

茅野さん、ちょいと眉を顰《ひそ》めました。

「全然そんなことはなかったんですよ。ごく普通の方でしてね。どんな本を売るのかと見せてもらって驚いたんですよ。なんとも渋いラインナップじゃないですか。私も驚いたんですよ」

ふぅむ、と勘一が頷きます。

「じゃあよ、茅野さん手間掛けて悪いけどよ」

「そうですね。気になりますね」

お知り合いならもうどうこうすることもありませんね。申し訳ないですが茅野さんに事情を確かめてもらうことにしました。

＊

夜になって晩ご飯の後、〈はる〉さんに男たちが揃って出かけていきました。家では藍子と亜美さんとすずみさん、花陽と研人と犬猫たちとそれぞれが夜のひとときを過ごしています。

実は我が家の居間にはテレビがありません。いえ以前はあったのですが、二年ほど前に壊れてしまいましてね、買い替えようと我南人に任せたんですが、届いたテレビがそれがまぁ大きな液晶テレビでして、居間に置けないということになってしまいました。

それで致し方なく、二階の廊下に置いてあるんですよ。まぁ廊下はちょっとした広さがありますからね。まるで問題ないんですが。もともとこれだけ家族が多いと一台ではチャンネル争いが収まりませんから、小さなテレビが他に三台あります。花陽と研人は二階の廊下の大きなテレビで何かを観ているようですね。

居間の座卓で女性三人がまったりとお茶など飲んでいます。家族になったとはいえ元々は三人とも赤の他人。気が合わないところが出てきてもしょうがないところですが、幸いにもこの三人そういう心配はないようですね。藍子と亜美さんは元々姉妹のように仲が良いですし、すずみさんも二人をお姉さんとして慕っているようです。藍子と亜美さんも十以上も年下で元気一杯のすずみさんを可愛がっていますね。

テレビもラジオもついていない居間は静かです。二階からのテレビの音や花陽と研人の笑い声、表通りを過ぎていく車の音、ご近所の戸の開く音、猫や犬の鳴き声、そういうものがよく聞こえてきます。

「あのね」

亜美さんです。新聞を読んでいた藍子が顔を上げました。台帳を整理していたすずみさんもです。

「なんか、あれなんだけど」

なんでしょう。亜美さんにしては歯切れが悪い言い方ですね。少し恥ずかしそうにしています。

「まだ確かめていないんだけど」

頰《ほお》が染まっています。その一言と様子で藍子が少し口を開きました。顔に笑みが広がります。手を伸ばして亜美さんの肩をポンと叩きました。

「亜美ちゃん、まさか」

その言葉に今度はすずみさんの背筋がピンと伸びましたよ。まぁ、まさか。

慌てて男性陣のいる〈はる〉さんにやってきたのですが、わたしが来てもどうにもならないのが歯がゆいです。さて、いったい何をこそこそと話しているんでしょうか。

あらっ勘一、我南人、紺、青の中に一際目立つ若い女性が交じっていますよ。この方はあれですね、以前に古本屋の方にいらっしゃいましたよ。藤島さんの秘書の方ですよね。お名前何とおっしゃいましたっけ。そうそう、永坂杏里さん。お久しぶりですけど、どうしてまたここに。

「いよいよってわけかい」

「はい」

深刻なご様子です。我南人も腕を組んで天井を見上げていますね。紺も青もお猪口《ちょこ》をくいっと空けます。

「まぁ、当日現場で止めるのは簡単だよね。別に俺らじゃなくたって信頼できる会社の人間だって山ほどいるんだろうし」

永坂さん、こくりと頷きますが唇が引き締められたままです。

「その場で止めたところで気持ちはどうしようもならないわな」

勘一が静かに言って、箸でお漬物を取ります。何のことなんでしょうねぇ。永坂さんがいらっしゃるということは、藤島さんのことで何かあったんでしょうか。

「社長は」

永坂さんです。

「堀田さんの店に行くことを本当に楽しみにしているんです。いつも、まるで、久しぶりに我が家に帰るみたいに、嬉しそうな顔をするんです。そんな顔をするのは、堀田さんのところに行くときだけなんです」

むぅ、と我南人が頷きます。

「光栄だねぇ。赤の他人にそんなに思われてねぇ」

紺も青も頷きました。がらりと戸が開いて、真奈美さんがいらっしゃい、と声を掛けます。

「ご主人」

後ろから声を掛けられて勘一が振り返ります。

「おう、茅野さんじゃねぇか」

暖簾をくぐって入ってきた茅野さん。あらもうお一方いらっしゃると思ったら橋田さんじゃありませんか。

「おお、あんたかい」

「さっそくね、お連れしました」

橋田さん、なんですか済まなそうに微笑んで頭を下げました。紺と青がテーブルの方に移動します。

「すいませんね。こちらは？」

茅野さん、永坂さんに軽く会釈します。

「ほら、藤島の」

「藤島さんの？」

もちろん茅野さんも藤島さんのことは知っていますよ。

「秘書さんなんだよ。会社のよ」

「そうでしたか。いやこれはお美しい方ですね」

何かお話し中じゃなかったかと訊く茅野さんに勘一が軽く手を振ります。

「まぁいいさ。簡単にカタがつく話じゃないんでね」

我南人がどうぞ、とお銚子《ちょうし》を橋田さんに傾けます。橋田さん、恐縮しながらお猪口に受けました。

「どうも、なんですかご迷惑をおかけしてしまったようで」

「いやなに。勝手に気にしたもんだから。こっちこそわざわざ申し訳なかったってぐらいで」

橋田さん、一口お酒をお召しになると、皆の顔を見回しました。なんですか鬼と言われた刑事さんということですけど、改めて見ても柔和なお顔をした方ですよね。とてもそんなふうには思えません。

「実は、あれは、何と言いますか、家内への供養みたいなもので」

「供養？」

橋田さん頷きます。そういえば二月ほど前に奥様が先立たれたとかでしたね。

「孫がですね。この春に大学受験でして」

「ほう」

「孫が可愛い家内はですね。合格祈願のために何かできないかといろいろ考えたようなんです。それでなんですか親しい占い師の方に相談したところ、お百度参りはどうかと」

「お百度参りねぇ」

橋田さん苦笑します。

「私自身はそういう占いとか神頼みとかいうものは、あまり好かんのですが、まぁ孫可愛さのことですから放っておいたんです。で、どうなったのかと訊くと、お百度参りならぬ百冊詣《もうで》にしたと」

「百冊詣？」

皆が怪訝な顔をします。何の関係もない永坂さんも興味深げに話を聞いていますね。

「孫の受験先は早稲田の文学部だったんです。多少そういう方面へ知識のあった家内はですね、早稲田の文学の神様に祈るのなら〈早稲田文学〉だろうと。ならばそれにゆかりの文豪の方々の本を一冊一冊自分の足で歩いて探して百冊集めればちょうどいいお百度参りになるだろうと」

「なるほどねぇ。それで全部〈早稲田文学〉の関係者だったわけだねぇ」

「それで？」

橋田さん、少し淋しそうな顔をします。

「残念ながら、ちょうど五十冊集まったところで、妻は病に倒れましてね。そのまま逝ってしまったんですよ。まぁ以前から長患いだったので覚悟はしていたんですが」

神様への願掛けも道半ばだったなぁと橋田さんは本棚を眺めたそうです。それでお孫さんが受験に失敗でもしたらなんでしたけどねぇ。

「あっさりと合格してしまいまして」

苦笑します。

「そりゃあ目出度《めでた》い」

「それでこの五十冊の本はどうしようかと。孫にでもくれてやろうかとも思ったんですが、まぁもともと信心浅い私なんですが道半ばにして倒れた女房も心残りかなと思いましてね。どうせならもう五十冊、きちんと集めてやろうかとも思ったんですが」

茅野さんが頷きました。

「先輩はね、まったくそういうものに縁がないんですよ。二葉亭四迷たってそりゃどこの落語家だっていう人なんですよ」

苦笑します。

「あと五十冊集めるのもさて皆目見当がつかないと。かといってお百度参り代わりに百冊集めようとしたのなら、誰かにあれこれ訊くのはルール違反だろうとね」

確かに。お百度参りは誰かに見られたり話したりしたらいけないと言いますね。勘一がにやりと笑います。

「それであれですかい。それじゃあこの五十冊を売ってしまって、それをまた全部買えば百冊集めたことになるだろうと」

皆が苦笑しました。橋田さん、照れ笑いしますね。

「一人になって暇なこともありましたし、まぁ女房もこういう私のことはわかってますからね。それで勘弁してもらおうかと。ただぽんと売ってしまっても古本屋といってもいろいろあるだろうから」

「きちんとして大切に扱って、なおかつしっかりと買い戻せるようなところはないかと私にね」

「そこだけは確かめたわけだ」

「うちにしてみればありがたいことだらけだったねぇ」

我南人の言葉に皆が笑いました。確かにそうですね。そういうふうに信用されて、さらにうちが買ったお金より橋田さんが買うときにはお高くなってしまうわけですから。理想的なお客さまですよねぇ。

　話を聞いていた永坂さんもにこにこしてます。それを見て勘一が話は変わりますがね、と橋田さんに言いました。

「なんでも、強盗とか殺人とかがご専門だったたって話ですが」

「そうですね。ずっとそんな殺伐としたことを扱ってました」

「あれですか。まぁ一概には言えねぇでしょうけど、人を殺《あや》めた奴が十年以上も経って刑務所を出てくるとしますわな」

「はい」

「真人間になってるんでしょうかねぇ」

　茅野さんと橋田さんが微妙な表情を見せます。そりゃそうですね。いきなりそんなことを言われても。橋田さん、ふむ、と頷いてお猪口を傾けます。

「おっしゃるように一概には言えませんが。十年以上なんていう長い刑期をきっちり勤め上げた人間は、どこかやはり人が変わります」

　少し茅野さんの方を見ましたね。茅野さんも頷きます。

「人殺し、と言ってもその事情も人それぞれでしょうから何とも言えないのですが」

「ご主人、何かそれは具体的な話なんですか？」

茅野さんが訊きました。勘一は永坂さんの方を見ます。永坂さんは少し考えた後に頷きました。

「実はね、ここだけの話にしてほしいんだがよ」

「もちろん」

「藤島のなぁ」

「藤島さん」

茅野さんが橋田さんに古本屋の常連仲間だと説明します。

「あいつの姉さんはな、その昔にな殺されたんだ」

「なんですって？」

まぁ。もちろんわたしも初耳です。お姉さんが亡くなっているというのはこの間話していましたね。

「その犯人がよぉ、十何年かそこら勤め上げて今度刑務所を出てくるんだってよ。で、この秘書さんな。心配して我南人に相談しに来たんだよ」

「何が、心配だったんでしょう？」

橋田さんが訊きます。永坂さんが口を開きました。

「社長は、ずっと心に決めていたんです。高木《たかぎ》というのがその犯人の名前なんですが、高木が刑務所から出てきたらこの手で殺してやると」

まぁ、そんなことを。

永坂さんの話では、藤島さんは犯人の出所日をどういう手蔓《てづる》を使ったのかはわかりませんが知ったようなんです。そしてそのために会社の整理も始めているというのですね。

「今度は自分が殺人者になってしまう。残された会社の皆に迷惑が掛からないようにと」

自分は社長を辞めてただの個人になろうと水面下で準備しているようです。もちろん秘書の永坂さんにも内緒だったのですが、永坂さん、そこは長い付き合いでピンときたそうです。

「余計なことだけどよ永坂さん」

「はい」

勘一が少し真面目な顔をします。

「ただの秘書の勘じゃねぇんじゃないか？　あんた、社長秘書以上のなんかをよ、藤島に感じてるんじゃねぇか？」

永坂さん、少し驚いた顔をしましたが、下を向いて小さく頷きました。そうですか。

「でも、社長には心に秘めた人が居ますので」

「藤島さん、そう言ったの？」

紺です。永坂さんは首を小さく横に振りました。さらさらと綺麗な髪が揺れます。

「でも、わかります。私はもう五年も社長の隣に居るんです」

すっと顔を上げました。澄んだ瞳が潤んでいますね。ちょっとだけ目尻を押さえました。

「朝も昼も夜も、ずっと社長のことだけを考えて毎日を過ごしてきたんです。それぐらい、わかります」

「そうかい」

しみじみと頷いた後、勘一は橋田さんに言います。

「まぁそういうわけでよ。実際問題その馬鹿社長に説教でもなんでもして止めなきゃならないんだけどさ。専門家ならいい知恵があるかなってな。ちょいと思ったもんだからよ」

橋田さん、頷きながら言いました。

「〈高木〉と言いましたか、その犯人は」

「はい。そうです」

永坂さんが答えます。

「そして、殺されたのは藤島さん。藤島なにと言う方で、何歳ぐらいのときですか？」

「麻里《まり》さんです。事件は十七歳のときだったそうです」

「藤島麻里。十七歳、高校生ですね」

橋田さん、考え込んでしまいました。腕組みして石のように動かなくなってしまいました。茅野さんが眉を顰めて覗き込みます。

「茅野」

「はい」

「お前は、覚えてないかな。まだお前が私の下にいたときだよ」

「事件ですか？」

お二人の、何と言いますか、身に纏《まと》う空気が急に変わりましたね。それは勘一たちも感じたようで姿勢を正しました。きっとお二人の気持ちが現役時代の、刑事のそれに変わっていったのではないでしょうか。

「教師が生徒を殺してしまった事件だよ」

あっ！　と茅野さんが声を上げました。

「藤島、そうか！　あのときの」

それから勘一の方を見ました。

「ご主人、私は藤島さんに会ってます。その頃に！」

勘一も眼を丸くします。茅野さんがぺしんと自分のおでこを叩きました。

「気づかなかった！　あの小さな弟さんだったとはね」

五

「留守番?」

「私たちだけでですか?」

藍子と亜美さんとすずみさんがきょとんとします。一夜明けまして朝ご飯のときに勘一が言い出したのです。今日は昼から我が家の男が全員居なくなるので、留守番よろしくと。

「お父さんが居ないのはいつものこととして」

藍子にそういうふうに言われても我南人はどこ吹く風です。

「どこへ行くの?」

すずみさんです。訊かれた青がうーんと天井を見上げます。

「ちょいとな、男の事情ってやつなのさ」

勘一です。

「男の事情」

「といってもよ、色っぽい方の事情じゃねぇさ。言ってみりゃあ男気の問題だわな」

「男気」

亜美さんが呟《つぶや》いてますますわからないという表情をします。わたしは事情を知ってますが、確かにこの件に関しては勘一の言う通り、女性陣には黙っていた方がいいでしょうね。

「あのねぇ」

我南人です。ご飯を食べていた箸を下ろして、組んでいた足を解《ほど》き正座してすっと背筋を伸ばしました。もちろんそんなこと滅多にやりませんよ。ましてやお客さんがいるわけでもない朝の食卓でね。花陽や研人が驚いています。亜美さんとすずみさんが慌てて同じように背筋を伸ばしました。

「黙って行ってもいいんだけどねぇ。今回は同行者も多いしぃ、後から皆が変に思っても困るからねぇ。これは、ある若者の人生に関わる問題に、我が家が全力で真摯《しんし》に立ち向かわなきゃならないことなんだねぇ」

藍子と亜美さんとすずみさんの顔を見て言います。確かにそうですね。今回に限っては我南人もいいことを言います。

「そしてねぇ、その若者の名誉のためには、君たちは何も知らない方がいいんだねぇ。君たちは、何も知りません聞きません、ということで胸に仕舞っておいてほしいんだなぁ。それがねぇ女の嗜《たしな》みってやつだねぇ。決して女だからって邪魔にしてるわけじゃないから誤解しないでねぇ」

口調こそいつもの調子ですが、眼は真剣ですね。

「研人ぉ」

名前を呼ばれてお箸をくわえて研人がきょとんとします。

「男はおまえ一人になるからねぇ。僕たちが戻ってくるまで、しっかり家を守ってねぇ頼むよぉ」

「わかったー！」

きっとわかってませんけど、手を上げて笑って答えました。頼みますよ。

お昼前、勘一たちが揃って出て行くのを店の前で藍子と亜美さんとすずみさん、花陽が見送ります。

「なにするんだろ？」

花陽です。藍子がその頭にポンと手を置きました。

「わかんないけど、大事なことなんでしょ。仕事や私たちを放っておいても駆けつけなきゃならない」

「そういうのが、一生に一回や二回や三回は男にはあるのよ。たぶん」

亜美さんに言われてふーんと花陽が口を尖らせます。

「でも、なんかちょっと悔しいですから、今晩あのことをぶちまけて、明日は私たちが全員休んでやりましょうか」

すずみさんです。藍子と亜美さんが顔を見合わせて思わず吹き出しました。

「それいい！」

「すずみちゃん、サイコー！」

すずみさん、二人に褒められて、へへ、と喜びましたよ。なんですか花陽や研人みたいですね。

さてどうでしょう。上手《うま》く行きますでしょうかね。勘一たちが向かった先はわかって

いますから、わたしは一足お先に行ってましょうか。

春の日の、いいお天気です。陽射しはぬくぬくと暖かく、この高い塀の中にも、反対

側の歩道にも同じように降り注いでいますね。幸いなことに、わたしも身内にもこの塀

の中にお世話になるような人は出ていませんが、この中で過ごされている方はこんな季

節のぬくもりを感じるようなこともあるのでしょうか。

あぁやはり、永坂さんの思ってた通りですね。

藤島さんが歩道を歩いてきます。車を何処かに置いてきたのか、それとも電車でやっ

てきたのでしょうか。前の方で、邪魔にならないように歩道の脇に立っている集団を何

と思っていたのでしょうか、それとも眼を合わせないようにしていたのか、近くに来る

まで勘一たちとは気づかなかったようです。
二、三メートル手前でようやく顔を上げた藤島さん、驚いて一度立ち止まって、慌てたように駆けよっていきました。
「堀田さん！　皆さん！」

勘一がよう、と手を上げました。我南人も紺も青も、マードックさんも居ます。そして橋田さんと茅野さんも居ますね。

「どうして、ここに？」

藤島さん本当に驚いていますよ。さもありなん、ですね。珍しくブレザーを着込んだ勘一がずいっと前に出て藤島さんの前に立ちました。

「藤島よぉ」

「はい」

勘一が胸ポケットから何やら紙を取り出します。新聞記事のコピーですね。目の前にそれを出された藤島さんの口が、あ、と開きました。

「どうして、それを」

「永坂さんがよ。心配してな」

「永坂が？」

勘一がくいっと顎《あご》を動かしました。藤島さんの後ろを指し示します。振り返った藤島さん、そこにじっと佇《たたず》む永坂さんを見つけました。永坂さん、静かに頭を下げました。

「彼女がよう、心配して相談してくれたのさ。おめぇがとんでもねぇ馬鹿なことを考えてる、私にはどうしようもできないから、俺らに何とかしてくれねぇかってさ」

「堀田さんたちに？」

藤島さんが皆の顔を見回します。

「どうして、そんなこと」

ふっと勘一は肩の力を抜いて、笑みを浮かべました。

「なぁ藤島よぉ。聞けばお前さん、うちに来るのを本当に楽しみにしてるっていうじゃないか。うちに来るとそれからしばらくは会社でも機嫌が良くて助かってるなんて言ってたぜ？　あのお嬢さん」

そんなことを、と藤島さん呟きます。勘一が微笑んだまま続けます。

「ありがたい話だよ。うちみたいなしみったれた店をさ、そんなにも良く思っててくれてさ。お前さんさえ良ければ孫子の代までどうぞよろしくお付き合いくださいって言いてぇぐらいさ」

「堀田さん、そんな」

勘一の顔つきが変わります。ぐっと力を込めました。

「だがな、お前さんが今腹ん中に抱え込んでる、考えてることをやっちまったら、もう二度と我が家には来られないんじゃないか？　おめぇ、人を殺したその手でその顔で、花陽や研人に会おうってのか？」

藤島さんが、ぐっと咽の奥で唸りました。

「それは」

眼を伏せてしまいました。

「藤島よ」

「はい」

ポンと、肩を叩きました。

「俺はなぁ、人殺しなんだよ」

藤島さん、眼を瞠《みは》ります。

「短い間だったけどよ、戦争に行ってるからな。お前さんより若い頃に、この手で」

勘一が両手を拡げました。

「人を殺めてんだよ」

そうですよね。行きたくもない戦争に連れていかれて戦いたくもない戦いをやってきました。そんなことはもう、わたしたちの年代で終わりでいいですよ。

「その俺が言うんだ。いいかよっく聞け。どんな理由があろうとな、人を殺しちゃあいけねぇ！　人間はな、それだけはやっちゃあいけねぇんだ。理屈なんざどうでもいい。

駄目なもんは駄目なんだよ。わかるか？」

勘一の迫力に押されたのか、こくん、と藤島さん頷きました。

「ふじしまさん」

マードックさんです。

「ながさかさんが、すこしかわいそうですけど、せんせんふこく、ぼくうけますよ」

「宣戦布告？」

「あいこさんのこと、すきなんでしょ？　なにもいわないで、いいんですか？　ぼくとあいこさん、まだ、なにもやくそくしてません。だから、ごぶとごぶですよ」

「マードックさん」

「いやぁ、それは全然五分五分じゃないねぇ。藤島ちゃんは年収何億円だしイケメンだし若いしねぇ。マードックちゃん圧倒的に不利だねぇ」

我南人が笑います。

「親父、それを言っちゃ元も子もないじゃん」

紺と青が我南人の肩を叩きました。マードックさんも苦笑いしてますよ。青が続けました。

「それにさ、花陽だってさ、藤島さんのことが好きなんだろ？　我が姪《めい》っ子ながらあと五年もしたら美人になると思うけどね」

「なにぃ？」

勘一が力一杯青の方を振り向きました。

「青！　そりゃあ本当か！」

「あれ？　わかんなかった？　だから藤島さんに家庭教師になってほしいって言ったんじゃないの？」

「おめぇ！　藤島！　まさか花陽に」

「いや！　堀田さんそれは誤解です！」

藤島さんが慌てて手を広げます。ものすごい形相で藤島さんを睨みつけた勘一の顔が緩みました。

「まぁ、そういうわけだ。赤の他人の俺たちがよ、おめぇのために仕事もほったらかして来てやってんだ。そこんところよっく考えるんだな」

勘一が歩きだして、すれ違いざま藤島さんの肩をポンと叩きます。

「わざわざこんなところまで来る時間があるんだったらよ、店に来て古本でも眺めてろ。その方がずっと眼と頭の保養になるってもんだ。さっさとこないだ買っていった本の感想文持ってこい」

そのまま歩いて、今度は永坂さんのところで立ち止まり、一言二言声を掛けました。

「藤島ちゃん」

我南人です。

「LOVEを忘れちゃいけないねぇ。男の生きるエネルギーはぜーんぶLOVEなんだよぉ」

そう言うとにやっと笑って小走りになって永坂さんのところまで行きました。あぁなんでしょ、肩に手を掛けると一緒に歩いていきましたね。困ったもんです。

「藤島さん」

今度は紺と青とマードックさんが並んでます。紺が塀の端っこの鉄の門のところを見ます。

「あんたと同じじゃないけどさ。俺らも、母親を亡くしてるんだ」

藤島さんが、秋実さん、と呟きました。

「まるで太陽みたいな母親だった。我が家はあの人を中心にして全てが回っていたんだよ。今はこんなふうにして皆でよろしくやってるけど、母親が死んだときにはそりゃあもうひどかったんだ。家族崩壊寸前だった」

「そんなに」

青も頷きます。マードックさんもその頃のことは少し知っていますね。まるで嵐《あらし》のような日々でしたね。

「傷は消えないけど、人間は服を着る動物じゃないか。着る服は自分で選べるんだぜ」

「今晩、花陽の中学入学祝いやるから、待ってるよ」

「ぼく、まけませんからね」

歩き出しながら、紺が言いました。

「そこで茅野さんと一緒に待ってるのは、お姉さんの事件を担当した刑事さんだよ。話したいことがあるってさ」

藤島さんが見ると、茅野さんと橋田さんが頷きました。

＊

あの日から三日が経ちました。

もうすぐ四月。花陽も研人も新しい生活が始まります。新しい生活といえば、藤島さんも落ち着かれたようで良かったですね。なんですかあの後に橋田さんにいろいろと聞かされたようですよ。新聞記事だけではわからない、お姉さんが亡くなられた事件の顛《てん》末《まつ》をね。

詳しいことはわたしは聞いていなかったのですが、実は愛しあった末の心中事件だったそうです。生き残ってしまった高木さんという方が、いろいろあってそれを認めず長い刑期になってしまったとか。藤島さんは、生き残ってしまった高木さんという人に対する憎しみは消えませんが、もう少し待ってみる覚悟ができたようです。ひょっとしたらいずれ話をしに会いに行くかもしれないということでした。もちろんいろいろ抱え込んでしまうことはあるでしょうけど、藤島さんならきっと大丈夫だと思いますよ。

あぁ、紺が仏壇の前に座りました。話せるでしょうか。


「ばあちゃん」

「はい、お疲れさま。亜美さんとすずみさんはどうだい？」

「あぁ、大丈夫。間違いないってさ。二人とも妊娠三ヶ月。順調だって」

「良かったねぇ皆も喜んでいるだろ」

「もう大騒ぎさ。予定日も十月のほんの一週間違い」

「楽しみだねぇ、またこの家も賑やかになるねぇ」

「でもさ、またこれでしばらく藍子とマードックさんはお預けで」

「おや、藍子が？」

「二人が身重になるのにイギリスなんか行ってられないって。藤島くんのライバル宣言といいマードックさんは本当についてないね」

「そういう星回りの人かもしれないねぇ。まぁ皆で見守ってあげましょうよ」

「そういえばじいちゃんがさ、藤島くんに俺は戦争で人を殺したなんて言ってたけど、あれって」

「あぁ、大嘘《おおうそ》だね。確かにいやいや海軍には入ったけど、大嘘ついて帰ってきたし、実際訓練をやっているうちに戦争が終わってしまったからねぇ」

「だよねぇ」

「まぁ嘘も方便って言うからね。少しばかり不謹慎ですけど今回ばかりは人助けですから許してもらいましょう」

「そうだね、あれ？」

今日はこれで終わりでしょうか。紺が苦笑しながらおりんを鳴らします。

あれですね、人間長く生きていればいろんなことを抱え込んでしまうこともあります。その重さをきちんと感じられるかどうかで、心持ちも変わりますよね。胆力とは少し違いますが、心がその重さに耐えられるように鍛えることも必要なんだとつくづく思います。耐え切れないときには、傍《そば》にいる家族が支えになってくれますよ。

それにしてもまぁ、秋には家族が二人も増えるんですね。ますますあれですね、わたしもここを離れられなくなってしまいそうです。

夏　幽霊の正体見たり夏休み

一

八月の声を聞きまして、暑さがますます厳しくなってきました。窓を開け放した途端にまるで音の洪水みたいにミンミンゼミの声が傾《なだ》れ込んでくるような気がするのも、この頃ですよね。

夏が暑いのは大変けっこうなことなんですが、近頃はその暑さの風情《ふぜい》が少しばかり違うような気もしますよね。お天道《てんと》さんの暑さだけじゃないものがどんどん増えてきて、不快感を増しているような気がします。

それでも、まだ朝の今のうちはとても気持ちが良いです。庭では、今が盛りと咲いている待宵草《まつよいぐさ》がきれいですね。実はこれわたしが植えたものではなくていつの間にか咲いていまして、たぶんどこからか飛んできたものなんですよ。花が開くのは名前の通り夕方から朝方なのですよね。もうしぼんでしまった花も多いです。

すずみさんが打ち水をしています。風呂桶《ふろおけ》にたまっていたものをバケツに汲《く》んできまして、お店の前に撒《ま》いてきて、次はお庭に撒いています。こうしておけばひとときでも涼しい風が家の中を通り抜けて、ほっと一息つけるものです。

打ち水も、本来は朝方にするのがいちばんいいんですよね。すずみさん去年の夏は午後の暑さ真っ盛りのときにやってしまって勘一に怒られていましたが。


そんなお盆も近くなってきた八月の十一日です。

相も変わらず堀田家の食卓は賑《にぎ》やかなのですが、ここ何日かはちょっと勝手が違います。愛らしい声で会話の中に参加している花陽と研人の声がありません。子供の声というのはよく通りますから居ないと途端に淋《さび》しくなりますね。おまけにいつも元気一杯の亜美さんとすずみさんが身重で、しかもここのところの暑さですから少し参っているようで、声にも張りがないようです。もうつわりの時期はとっくに過ぎましたけどこの暑い時期は妊婦さんにこたえますよね。

食卓には白いご飯とおみおつけ、ほうれん草のおひたしにだし巻き玉子、胡麻豆腐《ごまどうふ》にグリーンアスパラの胡麻和《あ》えと味付け海苔《のり》が並びます。胡麻のお料理が多いのは、食欲の落ちるのを防ぐためでしょうかね。

動くのが少し辛《つら》くなってきている亜美さんとすずみさんに代わって、紺と青がかいがいしく動きます。勘一も我南人も横のものを縦にもしない人だったのですが、この二人は違いますね。いったいどこの遺伝子が伝わったのでしょう。

いつものように上座には勘一がどっかと座り、その正面には我南人。子供たちの居ない手前側に紺と青、縁側の方に女性陣が座ります。亜美さんとすずみさんは座イスを用意してもらって、背凭《せもた》れによりかかることができるようにしてあります。壁に掛けられたカレンダーには、今日に丸印が付けられて〈花陽、研人帰る〉とメモしてあります。

勘一がずずっとおみおつけを啜《すす》りながらカレンダーを見ていますね。

「なんでぇもう帰ってくるのかあいつら」

「お墓のお掃除をしなきゃなぁ」

「今度ぉテレビの特番でここに取材が入るからねぇ」

「預けっぱなしで脇坂さんにお礼言わなくちゃ」

「えぇ？　いつですかお義父《とう》さん」

「まさか二人ともに赤ちゃんができるとは思ってもなかったからなぁ」

「大丈夫ですよ。大喜びしてるのは父や母なんですから」

「今月末とか言ってたねぇ。僕の取材だから大騒ぎしなくていいよぉ」

「おい、お酢が空っぽだぜ」

「そういえば旅館の近くにはお義父さんの友だちが居るんですよね？」

「そういうことは早めに言ってくださいね。お掃除とかしなくちゃならないんだから」

「すずみと亜美さんは無理だろうからさ、俺《おれ》と兄貴が交代でやっちゃおう」

「龍哉《たつや》くんねぇ。若いけどいいミュージシャンだよぉ彼はぁ」

「お酢をなんに使うんです？」

「今日やろうか、午前中のうちに」

「胡麻豆腐にかけるに決まってんじゃねぇか」

「あ、じゃあついでに康円さんのところに寄ってくれる？　なんだか納戸《なんど》から古い本が出てきたって言ってたから」

「それ、美味《おい》しいんですか？」

猫のポコが縁側の方でにゃあと鳴きました。ちょうどすずみさんの真後ろだったので、すずみさんが振り返ったのですが、「いやぁ！」と叫んで跳び上がりました。あぁ、おみおつけの椀《わん》を転がしてしまって運悪く勘一のご飯茶碗《ちゃわん》の上にすっぽりと。猫まんまになってしまいましたね。

まぁでも原因は全員がすぐに思い当たりましたので大騒ぎはしません。またポコが鼠《ねずみ》を捕まえて見せに持ってきたのでしょう。動物は好きなはずのすずみさんも鼠の死《し》骸《がい》だけは嫌だそうです。もっともわたしもねぇ猫たちに鼠の死骸をぽんと膝元《ひざもと》に置かれたときは飛び上がってましたけど。ポコにしたって悪気があってやってるわけじゃありませんから、怒るわけにもいきませんね。

花陽と研人は、脇坂さんのご親戚《しんせき》で葉山で旅館をやっているという方のところに遊びに行っているのですよ。脇坂さんのご好意にすっかり甘えてしまっているのですが、きっと毎日海で遊び回って真っ黒になっているんでしょう。

午後に帰ってくるというので、お土産《みやげ》話に花が咲くのではないでしょうか。

さて、今日は珍しいお客さまが朝からいらしたようです。

カフェの方に正枝《まさえ》さんが来ています。我南人が出てきてテーブルに座って応対していますよ。確か我南人の五つ上でしたか。この年になると上級生も何もないでしょうが、小学校の頃にはいろいろと可愛がってもらった近所のお姉さんです。お久しぶりですけどお元気そうでなによりです。

「あらぁ、そうなの。青ちゃんにも子供がね。嬉《うれ》しいでしょ」

「まぁねぇ良かったよぉ。きっと可愛い子が産まれてくるねぇ」

我南人はことのほかすずみさんをお気に入りですからね。いえ、我が家の男性陣は皆そうなのですが。なんだかんだと話がとりとめもなく続いています。

亜美さんとすずみさんはもうすっかりお腹《なか》が目立つようになりました。どちらかと言えば亜美さんの方が大きいでしょうか。亜美さんは一度経験してますからあれですけど、すずみさんはねぇ、結婚してすぐに子供ができてしまって、何かと不安でしょうね。線の細い身体《からだ》ですから大丈夫かしらと思ってしまいます。

カフェの方は藍子がしっかりと亜美さんの分もやっています。亜美さんももちろんお店に立ってはいますが、何かとしんどいですから休み休みの仕事です。その分は紺がもちろんフォローしていますよ。古本屋の方はすずみさんは座イスを持ち込みまして帳場に座り込んで店番です。動き回るのは辛そうなので、勘一が張り切って動いています。なんですか曾孫《ひまご》がいっぺんに二人もできるのでね、気持ちに張りができたのか最近は一段と元気ですよ。心なしか若がえって見えますが、それはそれで喜ばしいことです。

「あら、もうこんな時間。じゃ、我南人ちゃん、申し訳ないけど」

正枝さんが頭を下げてから手を振って帰っていきます。何歳になっても我南人ちゃんなのですね。我南人も苦笑いして手を振ります。正枝さんは確か一人暮らしでした。旦《だん》那《な》さんとは、二十年も前でしたかね、別れてそれきりお一人で頑張ってきたはずです。お子さんが一人いらしたはずですが、どうなさっているでしょうか。

我南人が正枝さんの後ろ姿を見送って、ひとつ首を捻《ひね》りました。それから、うーんと唸《うな》って天井を見上げます。

「藍子ぉ」

「はい」

「紺はぁ？」

「お墓の掃除に行ってるけど」

「じゃあぁ、亜美さんはぁ？」

「あ、ここですよ」

家とお店の間の上がり口のところに座って休んでいました。

「なんですか？」

「忙しいところ悪いけどねぇ。ちょっと話を聞いてくれるかなぁ」

カフェの方を手伝おうかとやってきた青も何事かと耳を傾けました。

「そうだ、青はよく知ってるよねぇ。正枝さんって」

「あぁ、もちろん」

そういえばそうでした。青は小さい頃あそこの旦那さんが持っていた鉄道模型が好きで、よく正枝さんの家に遊びに行ってました。

「久しぶりに来ていろいろ話していったんだけどねぇ。なんでも娘さんがね、離婚してしまって北海道から家に戻ってきたそうなんだ」

「うん」

「お子さんが一人居てね、まぁ正枝さんにしたらたった一人の孫だねぇ。今五年生だっていうんだけど」

「あら」

亜美さんです。

「研人と同級生ですね。そういえば夏休み前に転校生が来たって」

「あぁじゃあその子かなぁ」

「その子がどうかしたの」

藍子の問いに我南人が顔を顰《しか》めます。

「正枝さんの話じゃねぇぇ、毎日毎晩、本から幽霊が出てきて、その子とお話をしてるって言うんだよぉ」

「あ?」

「え?」

「部屋には誰もいないのにね、誰かとお話をしてるんだそうだよぉ。昨夜《ゆうべ》も暗い部屋で一人きりなのに誰かと話しているっていうんだぁ。そしてその足下には気味の悪い表紙の本があるとか」

正枝さんの話によりますと、娘さんは離婚して帰ってきてさっそく仕事を見つけて頑張って働いているそうです。もちろん正枝さん自身も離婚して久しいですから少ない年金でやりくりしている身です。決して楽ではありませんから、娘さんは少しばかり楽になるまではと昼も夜も一生懸命働いているそうですよ。

当然、正枝さんはお孫さんと二人きりになることが多いのですが、さて長い間一人暮らしをしてきたせいかどうも小さい子供というものに馴染《なじ》めない。そもそも正枝さん、こざっぱりした性格なのですけど、小さい子は昔から苦手でしたよ確か。お孫さんがこれまた非常に大人しい男の子らしくて会話もあまりないのだそうです。

確かにね、大人が皆子供好きなんてことはありませんよ。そんなのはそれこそ本の中だけのお話ですね。むろん、そうあってほしいとは思いますが、そうではない事件が現実には多過ぎます。事件云々《うんぬん》は別にしても、小さな子供と接することがちょっと苦手なおばあさんだっているでしょう。それはそれで仕方のないことです。

「ましてや今は夏休みでねぇ、子供はずっと家に居るんだからぁ」

転校して間もないせいか友だちもいないらしいです。本を読むのが大好きで、部屋にはいつもいろんな本が転がっていて、もちろん漫画本もありますけど、普通の小説に加えて、妖怪とかお化けのこととか正枝さんにしてみれば気味の悪い本も多いとか。そうして家に籠《こ》もりきりで、気がつけば見えない誰かと話している。

そのうちに、どうもおかしなことが正枝さんの家で起こりだしたそうです。

「雨漏りでもないのにぃ、天井から水が滴《したた》ってきたりねぇ。あるいは誰も居ないのに窓ガラスがノックされたり、そんなんで正枝さんすっかり脅えているんだよぉ」

少し涼しそうな風がお店の中を吹き抜けて、風鈴がちりーんと鳴りました。青が嫌そうな顔をします。亜美さんがぶるっと震えました。

「そりゃお盆も近いけど」

青が頷《うなず》きます。

「この季節に持って来いの話だけどな」

藍子が難しい顔をしています。

「幽霊の話はともかくとして、こんな季節に閉じ籠もっているっていうんなら、その子がちょっと心配ね」

「そうなんだよぉ、それで正枝さんがね」

「あ、そうか」

亜美さんです。

「研人ですね？」

我南人がこっくりと頷きます。

「クラスは違うらしいけど同級生だしぃ、ちょっと友だちになってというかねぇ」

「様子を探ってほしいんですね？」

「そうそう」

あぁ研人なら適任ですね。基本的に明るく誰とでも友だちになれますし、度胸も人一倍ありますからね。それじゃあと、海から帰ってきたらさっそく正枝さんの家に行かせることに決めました。好奇心も旺盛《おうせい》ですから、幽霊なんて聞いたら喜んで飛んでいきますよきっと。

紺がお墓掃除から帰ってきて、交代するように青が出かけていきました。お墓掃除と言っても我が家では堀田家先祖代々の墓はもちろん、すずみさんの方の槙野家《まきのけ》のお墓の方もしなければなりません。すずみさん、槙野家の一人娘でしたし、お父さんもお母さんも既に亡くなられていますからね。

皆で交代で素麺《そうめん》のお昼ご飯を済ませる頃、バタバタと外から誰かの走る音と騒ぐ声が聞こえてきました。

「ただいまー！」

「ただいまー！」

元気な声が家中に響きます。花陽と研人が帰ってきたようです。

居間の方で賑やかな声が響きます。一週間ぶりの我が家ではしゃぐ花陽と研人に藍子と亜美さんが応対しています。

「どうせ宿題やってないんでしょ」

「やったよー。全然大丈夫」

「これおみやげね。干物だって」

「あら美味しそうね」

「洗濯物出して、全部自分で片づけてね。ついでに花陽が洗濯してくれると助かるなー」

「はーい」

「赤ちゃん元気ー？」

「元気よ。大丈夫」

研人が亜美さんのお腹をさすった後に、お店の方に走っていってすずみさんのお腹も撫《な》でに行きました。弟や妹が欲しいと言ってましたからどちらも楽しみにしているんですよね。

「あ、大じいちゃんにもおみやげがあるんだった」

のそりと居間に入ってきて、冷たい麦茶を飲みだした勘一に花陽が言います。

「土産？」

「うん。これ」

花陽が鞄《かばん》から取り出したのは、風呂敷に包まれてますけど、大きさと形から一目で本とわかる代物ですね。

「なんだよ古本屋に本の土産かよ」

「おばあさんにね」

「おばあさん？」

花陽が頷きます。

「海の家でいっつも一緒になったおばあさんと仲良しになったんだ。うちが古本屋をやってるって言ったら、そうしたらこれを持っていってくれないかって」

勘一が包みを解《ほど》きます。中から出てきたのは、まぁ随分と古そうな本ですね。

「へぇ、こいつは」

勘一の眼が輝きます。

「この本をくれたの？」

うん、と花陽が頷きます。

「古い本なので捨てるのももったいないから取っておいたけど、処分に困っていたんだって。古本屋さんならちょうどいいからって」

本を持ってきたということは、その海岸のお近くにお住まいの方でしょうかね。

「おじいちゃん？」

藍子が声を掛けました。何でしょう、勘一が本を手に持って凝視していますね。眼が真剣ですよ。勘一があぁいう眼をするってことは何か大層なものなのでしょうか。

「いいものなの？」

「いや」

勘一が口ごもります。

「珍しいっちゃあ、珍しいんだがな」

ぱらりと開いてさらに凝視します。藍子や亜美さんが訝《いぶか》しげな顔をします。勘一は本を座卓の上に置き、丁寧に一枚一枚開いていきますね。余程の貴重なものなのでしょうか。ふぅむと唸ります。

「大じいちゃん？」

花陽に呼ばれて、顔を上げます。まぁ顔色が真っ青ですよ。まるで幽霊でも見たような顔をしていますよ。

「おじいちゃん、大丈夫ですか？」

「大丈夫ってなんだよ」

「幽霊でも見たような顔してる」

勘一が「あ？」と言いながら自分の頬《ほお》の辺りをなで回します。大丈夫そうですね。

「そうか？　幽霊か」

そうだなぁと呟《つぶや》きました。

「幽霊かもしれねぇなぁこいつは」

二

夜になりました。昼間は相当暑くなりましてその熱気がまだ残っていまして、いつまで経っても汗が引いていきませんね。縁側に置かれた蚊遣《かや》り豚から蚊取り線香の煙が流れていって、夏の香りを家の中に漂わせます。二階にもお店の方にも形の違う蚊遣り豚が置かれていますが、これはすずみさんが買ってきたんですよ。なんでもブタが可愛らしくて好きなんだそうです。

「こんばんはー」

晩ご飯も済んだ頃にマードックさんが庭の裏木戸から現れました。縁側のところでサチとアキと遊んでいた研人が、よっ！　と声を上げます。よっ、じゃありませんよ。ちゃんとご挨拶《あいさつ》しなきゃ駄目ですよ。

「あついですねー」

勘一に入れと言われて縁側から上がり込んだマードックさん。白い開襟シャツに汗が滲《にじ》んでいますね。勘一と紺と青、藍子も亜美さんもすずみさんも、冷たい麦茶で涼を取っていたところです。

「なんでぇその荷物」

マードックさんはアイスボックスを担いでいました。

「こおり、はいってます」

「氷？」

「てんねんのこおり、なんです。かきごおりでたべると、とてもおいしいそうです」

「へー」

なんでもお知り合いの方がついさっき持ってきてくれたとか。

「それいいね」

「じゃ、かき氷しましょうか」

「どうせなら昼間に持ってきてくれりゃあいいものをよ」

かき氷と聞いて花陽と研人が大喜びで台所に行きました。藍子と三人で準備をしています。

「あみさん、すずみさん、どうですか？　からだ、だいじょうぶですか？」

「うん、順調。ありがとう」

亜美さんが言って、すずみさんも頷きます。すっかり我が家に出入り自由になったマードックさんですが、肝心の藍子との話はなかなか進展しないようですね。亜美さんとすずみさんの妊娠で藍子はますます気ぜわしく忙しくなっていますから、とてもイギリスなどへは行けない状況のようです。

加えてマードックさんに宣戦布告した藤島さん。花陽の家庭教師として週に一回は我が家にやってきて花陽に勉強を教えています。お仕事の都合上、我が家にやってくるのは夕方のこともありますし、夜になってしまうことも。夕ご飯を一緒に食べていくこともありますよね。以前にも増して我が家とのおつき合いが深くなった気がします。

藤島さんが藍子を好きだってことは、今のところは男性陣の間だけの了解ごとになってまして、女性陣には伝えられてません。ですから藍子も知らないはずですけど、さてどうでしょうかね。娘である花陽を通じて藍子と藤島さんが会話を交わすことも多くなっています。

それともう一つ、花陽も藤島さんに恋をしているのですよね。まぁこちらはまだ可愛いものだと思いますし、藤島さんは紳士ですからね、親子で三角関係とかは心配しなくても大丈夫だとは思うのですが。

「そういえば、じいちゃん」

紺です。

「なんだ」

「訊《き》こうと思ってたんだけど、店の机の上に置いてある本、どしたの？」

「おぉ」

勘一が曖昧《あいまい》に返事をしました。昼間に花陽がお土産に持ってきた本のことでしょうか。

「ありゃあな、そうだな、お前たちにも話しておくか」

よっこらしょと腰を上げて店の方に行って、本を持ってきました。座卓の上を手でざっとぬぐってその本を置きます。皆が興味深げに覗《のぞ》き込みます。

「矢田津世子《やだつせこ》さんですね」

すずみさんです。本当にすずみさんはお若いのにお詳しいですよね。古本屋の娘になるべくして生まれたような人じゃないでしょうか。

「あぁ矢田津世子『家庭教師』だ。こいつは昭和十五年初版だな」

「古いねー」

「さっき、幽霊かもしれないって」

藍子が少し心配そうに訊きます。勘一が苦笑しました。

「まぁ、ありゃあ言葉の綾《あや》ってやつだけどよ」

ごくんと麦茶を飲んで続けます。

「戦争の頃はよ、本なんかどっからも出なくてな、古本屋も古本を売ってばっかりじゃあっという間に商売なんかできなくなってな。貸本屋をやってた時代もあったのさ。ところが貸本にしたって本自体が貴重な時代だったからな、そりゃもうべらぼうな預り金ってものを取ったのさ」

「へぇ」

あぁ、そんな時代もありましたね。いやな時代でしたけど、懐かしいですね。

「所謂《いわゆる》〈借逃げ〉ってやつを防ぐためにだな。そんなんだったから、そういうのを利用して一儲《ひともう》けしようなんてとんでもねぇことを企《たくら》むような奴《やつ》も出てきてよ。ひどい奴なんかな、一冊の人気の本を借りたいって客にな、代わりに別の本を十冊持ち込んできたら読ませてやるなんてやってよ。古本屋の風上にも置けねぇ商売をしやがった奴もいたさ」

「そうなんだ」

勘一が煙草《たばこ》に火を点《つ》けます。庭の何処《どこ》かでキリギリスが鳴いていますね。

「こちとらよ。たくさんのいい本をよ、できるだけたくさんの皆さんにもう一度読んでもらおうってのが商売よ。それなのに本がねぇってのが悔しくてな。同業者もばたばたとなくなっていった。まぁあの頃はどんな商売もそうだったんだけどよ」

「でも家は別だったんだよね」

紺が訊きました。

「まぁなぁ」

勘一が苦笑いします。

「蔵ん中にはごっそり本はあったけどよ。時節柄派手に並べるわけにもいかねぇ。いかにも我が家も本が不足してますよっていう風にしてたな。同業者の手前もあるからよ。それでな」

本の表紙をそっと撫でました。

「こいつはな、偽物なんだ」

「偽物？」

勘一がにやっと笑います。

「本がないならよ、作ってしまえばいいじゃねぇかってな。まぁ俺も若かった。作家さんにしてみたらとんでもねぇ話だけど時節が時節だ。じくじく悩んでいるのが性に合わなくてな。仲間集めて何冊かの本を作ったのさ。所謂〈写し〉ってやつだな。あちこち駆けずり回って勝手によ。もちろん時機が来たら作家さんに事情を話してきちんとしようとは思ってたけどよ」

「じゃあ、これはコピーってわけ？」

「今風に言えばな」

「犯罪じゃん」

からからと勘一が笑います。

「まぁ時効だ時効。世のため人のためになれと思ってやったこと、勘弁してもらうさ」

「でも」

亜美さんです。

「その頃に作った本がこうして出てきたんですか？」

そうですよね。それは驚きです。勘一もうむ、と顔を顰《しか》めました。

「まさかなぁ、こんなものがまだこの世にあったなんてな。思ってもみなかったけどよ。何の偶然かこうして手元に来たってわけだ」

不思議ですねぇ。巡り合わせと言えばそうなんでしょうかね。

「見ていい？」

勘一が頷いて紺が手に取りました。何せ古いものですからね、そっと開いていきます。

「あれ？」

何かが挟まっていました。写真ですね。勘一も慌てて覗き込みます。

「なんだよこりゃ」

「うちじゃない？」

「そうだようちだよ」

まぁ、なんてことでしょう。確かに我が家の写真です。セピア色に変色してもう周りもボロボロになっている写真が挟まっていました。

「えー？　なんで？」

「こりゃ、俺だ」

家を正面から写したもので、確かに若き日の勘一が写っていますね。腕を組んでなんですか怒ったようにカメラを睨《にら》みつけています。何歳ぐらいなのでしょうか。わたしはまるで見覚えがない写真です。

「うらに、なにか、かいてありますよ」

マードックさんが言って写真を持っていた紺がそっとひっくり返しました。英語で何か書かれていますね。

「何で英語なんだろう」

「マードックさん、なんて書いてあるの？」

「えーと、〈とうきょうばんどわごん、わかきひの、おもいで、もどれない〉んーとそのあとは、かすれてしまって、よめないですね」

「あれ？」

「じいちゃん？」

「おじいちゃん？」

「大じいちゃん？」

勘一が、本と写真を何も言わずに手に取ると仏間に消えて、そのまま布団に入ってしまいました。

いったいどうしたというんでしょう。

三

「なんだぁ？　勘さんが？」

翌日の日曜日です。もちろん日曜日でも我が家は休みではありませんが、朝になっても勘一は調子が悪いと言って起きてきません。そのくせしっかりと皆が終わってから朝ご飯を食べましたから、どこか具合が悪いというふうでもないのですよね。ご飯を食べ終わりましたら「出かけてくる」と一言残して何処かへ行ってしまいましたよ。

あまりにも様子がおかしいので、お店にやってきた祐円さんに紺が訊いてみたのです。

「そりゃあ、確かにおかしいな。どれ、その問題の写真ってのを見せてみなよ」

「それが」

紺が渋面《じゅうめん》を作ります。

「じいちゃんがどっかにしまい込んじゃったのか、持ち歩いているのか」

「ないのか」

紺が頷きます。わたしも見たことがない写真ですから、たぶん勘一と一緒になる以前の写真だと思うのですよね。そうなると今となっては幼なじみの祐円さんしか訊ける人が居ません。

祐円さん、うーんと唸ります。

「そんな古い写真ってことは随分昔ってことだろ？」

「そうですね。見たところはまだじいちゃんが十代か二十代初めの頃」

「ってことはよ、終戦当時じゃないか。それはもう写真撮ることだって貴重な時代だからね。余程のことがないと写真なんて撮らないわなぁ」

確かにそうでしたよ。

「皆目見当もつかないな。それに、その写真が挟まっていた本っていうのも、くせものだったんだろ？」

紺がこくりと頷きました。

「偶然にしちゃ、出来過ぎなんだよね」

海の家で毎日のように会ったおばあさん、というだけで花陽も研人も名前さえ聞いていないんですよ。まぁ子供が大好きなご婦人というのはいますからね。海で遊んでいる仲の良い二人を微笑《ほほえ》んで見ていらっしゃったのでしょう。

「偶然出会ったそのおばあさんってのが、たまたま勘さんがこしらえた偽物の古本を持っていたと。そうしてその中に勘さんの写真が挟まっていたって、そりゃあもうただの偶然じゃないだろうよ」

祐円さん、手を振り上げて言います。

「そうなんだけど、まぁじいちゃんは何も言わないからわからないけどさ。その本を今の時代まで大事に持っている可能性があるのは古い友人ばかりだろうから、たまたまじいちゃんの写真が挟まっていても不思議ではないんだよね」

「ああ、まぁそうか」

「仮にその本が人の手から手へ移り渡ったとしても、そういう古い写真が挟まった古本となるとセットで保管しておこうと思うよね。ましてや古本好きだったら尚更《なおさら》ね」

祐円さん、うむ、と頷きました。

「確かにそうだわ。そう言われてみれば」

「ただ、その本が花陽と研人の手に渡ったたっていうのは、確かにね」

「何かの作為があったっていう可能性は高いだろ」

「そうなんだけど、仮にそうだとしても意図が全然わかんないんだよね」

そうなんですよね。そんなことをしてなんになるというんでしょう。

「仮に花陽と研人が仲良くなったおばあさんっていうのが企んだ何かにしてもさぁ」

「なんのためにかが全然わからないな」

うーんと二人で頭を抱え込んでしまいました。さて単なる偶然ならそれでいいんですけど、どうでしょう。それに勘一はいったい何処へ行ってしまったんでしょうね。

＊

「高坂《たかさか》？」

「そう、高坂光輝《こうき》くん、転校生の子。知ってる？」

研人がきょとんとした顔をしてすぐ、あぁ！　と頷きました。

「知ってる知ってる。っても話したことないけど」

正枝さんの件ですね。亜美さんが居間で我南人に頼まれたことを研人に話しています。

花陽も一緒になって聞いていますね。

「へー、幽霊！」

「いやだぁ」

思った通り、研人は眼を輝かせましたね。花陽は嫌そうにしてますけど。

「おじゃまします」

あら藤島さんです。古本屋の方から居間に上がってきました。花陽の家庭教師にやってきてくれたんですね。カフェの方から藍子が顔を出して、よろしくお願いします、と声を掛けました。藤島さん、にっこり笑って頷きます。

「幽霊ってなんですか？」

研人の声が聞こえたんでしょう。座りながら藤島さんが訊きます。一応他所様《よそさま》の事情ですからね、亜美さんが多少ぼやかしてまぁ茶飲み話としてお話ししました。へぇ、と藤島さん微笑みます。

「本から出てきた幽霊なら、僕も会ったことがありますよ」

「え？」

「あら」

小さい頃の笑い話ですけど、と前置きして言いました。

「今でも覚えているけど、『世界の怪事件』というタイトルの本でした。UFOとか今で言うUMAとかあるいは人が消えたとかいうね、そういう怪しい話ばっかり載ってる本が大好きだったんです」

ところがその本の表紙に描かれているのは怪事件どころかまるで幽霊のような恐ろしい女の人だったとか。

「それが怖くて怖くて、本棚にあるのも怖くて寝る前には椅子《いす》の座布団の下に隠して寝たんです」

ある日、夜中にふっと目が覚めてベッドから身を起こすと、自分の椅子に誰かが座っている。えっ、と思っていると、その人物が首を回して藤島さんを見たそうです。

「それが、その表紙に描かれていた幽霊のような女の人だったんですよ。こう、髪がざんばらで口から血が流れていて」

花陽がきゃーやめてーと小声で言って顔を伏せました。花陽はそういうのが苦手ですよね。研人は身を乗り出して興味津々です。

「まぁ子供の恐怖心が見せた幻だったんでしょうけど、あれは本当に怖かったですねー。今でもはっきり覚えてますよ」

そういうのはありますよね。子供の感性とか想像力というのは大人には計り知れないものがありますから。

「じゃあ、研人くんはさっそくその子の家へ？」

「そうね。頼まれてくれる？」

「オッケー、いつでもいいの？」

亜美さんが頷くと、じゃっ！　と一声上げて飛ぶようにして古本屋の方から出ていったと思ったら、「あれっ」という声が響きます。何かと思えば、あら、朝方出て行った勘一が戻ってきましたね。店番をしていたすずみさんに何か一言掛けて居間の方へやってきます。

「おう、藤島か」

「おじゃましてます」

「日曜なのにすまねぇな」

どさっと上座に腰を下ろします。取り立てて具合が悪いということはないようですね。

亜美さんが冷たい麦茶を持ってきて、美味しそうに一息で飲み干しました。

「今日も暑いな」

「そうですね」

「どこへ行ってたんですか？」

亜美さんが訊くと、うむ、と頷きます。

「あれだ、亜美ちゃんの実家、脇坂さんのところへな」

「え？　うちへ？」

勘一、少し難しい顔をして頷きます。

「ちょいと訊きたいことがあったんだがよ。空振りだった」

「空振り」

「研人は、あの正枝さんの家へ行ったんだって？」

「そうです」

「するってぇと花陽か」

「わたし？」

花陽がきょとんとします。

「家庭教師はどれぐらいで終わるんだ？」

「一時間半ぐらいですか」

「じゃあよ、花陽」

「なぁに」

「それが終わったらよ、すまねぇけどちょいと大じいちゃんにつきあってくれ」

「いいけど、どこへ？」

麦茶をもう一杯、と亜美さんに言った後に続けます。

「葉山にな」

あら、昨日帰ってきたばかりだというのにですか。


「葉山に？」

蔵に居て話を聞いていなかった紺が驚きます。

「なんでまた」

「それがね」

亜美さんがよいしょ、と言いながら座ります。重たそうなお腹をふぅ、とさすります。

「あの本を花陽と研人に渡したおばあさんを探したいって」

「あぁ」

紺が頷きます。

「それで、顔を知ってる花陽を連れて」

「そうなの」

「何か言ってた？」

亜美さんが首を横に振ります。

「なんにも。この件に関しては何も訊くなって。店を空けて申し訳ないけどよろしく頼むって」

「でも探すって言ったって雲を摑《つか》むような」

「それがね、藤島さんが」

そうなのですよ。葉山で人捜しをすると聞いた藤島さん、見つからなかったら二、三日は通って探すという勘一に、それは移動するだけでもこの暑さが身体に応《こた》えるからお勧めしない、それなら、と。

「別荘」

「そう。葉山には藤島さんの会社の保養施設があるから好きに使ってくれって。ちゃんと管理人がいるから食事も出せるし何日でも泊まっていいからって」

「さすがだね」

紺が感心します。さて、それじゃわたしも葉山の方に出かけてみましょう。幽霊を見るという子供のことも気になりますが、連れ合いのことですからね。車で送るという藤島さんにそこまで迷惑を掛けられないと電車で行きましたからそろそろ着いた頃でしょうか。

さて、葉山です。藤島さんが書いていた保養施設の住所は覚えていますし、花陽と研人が泊まった旅館と通った海水浴場もわたしはちゃあんと様子を見に来ましたからね。わかっていますよ。

あぁ、いました。夕暮れが近づいた海岸は海水浴の方々もまばらになっていますね。海の家の辺りに勘一と花陽の姿が見えました。勘一が夏の海に来るなんて何年ぶりでしょうね。

「キャンベラさん？」

「みんな、そう呼んでますけど」

そうですね、この海の家によく花陽と研人は来ていました。随分と今風でしてね、わたしなんかが思う海の家とは全然違うんですよ。

「外国の人だったんだ」

花陽が呟きます。お話をしているのは海の家のウェイトレスの方でしょうか。見事な小麦色の肌とスタイルですね。本当に近頃の娘さんは体格も良くて、日本人離れしてきてますよね。

「日系の方だなって思いましたけど」

「どこに住んでるのかわからねぇのかい」

ウェイトレスさん、こくんと頷いて済まなそうに微笑みます。

「プライベートなことはわかりません。でも、近くの別荘に住んでるって聞いたことはあります」

「別荘か」

そうですね。今と昔は事情が違うでしょうけど、ここら辺りは保養地としてはそれはもう有名なところでしたから。

「毎日来るのかい」

「ほぼ、ですね。でも午前中のまだ涼しいうちだけです。明日も来られるかも」

勘一がありがとうよ、と言ってアイスコーヒーを飲み干しました。

「残念だったね」

「しょうがないさ。藤島の好意に甘えて、今夜はこっちに泊まって明日の朝、来てみるさ」

「大じいちゃんの知ってる人なの？」

花陽の問いに勘一が口をへの字にします。

「そいつを確かめてぇんだけどな」

テーブルの上には風呂敷に包まれたあの本がありますね。日系の方なんでしょうか。ますますわたしには見当がつきません。日系の方にお知り合いなんて今現在は居ませんし、ましてや勘一の外国人嫌いは徹底してましたからね。出会ったときからそうでしたよ。そのくせ海外の文学は別なのですよね。これとそれとは別だ、なんて言ってます。

「まぁしかし」

勘一です。夕闇《ゆうやみ》の迫る海を眺めています。潮風が気持ち良いでしょうね。あいにくと風を感じることができないこの身がうらめしいです。

「たまには、いいやな、海も」

「でしょ?」

花陽がニコッと笑います。ピンクのTシャツに短いジーンズに白いサンダルですね。今はサンダルとは言わないのでしょうけど。焼けた肌によく似合っています。なんだか急に手足が長く、そしてお嬢さんっぽくなってきましたね。

「藤島さんのところの別荘、すごかったねー」

「あぁ、さすがってやつだな」

そうなんですか。後でお邪魔するのが楽しみですね。

「花陽」

「なぁに」

「おめぇ、藤島に惚《ほ》れてんのか」

勘一が悪戯《いたずら》っぽい笑みを浮かべて訊きました。随分と単刀直入ですね。花陽が驚いて、それから勘一の肩をばしんと叩《たた》きましたよ。

「何言ってんの大じいちゃん！」

ケラケラと笑いますけど、なんですかちょっと頬が染まってますよ。

「そりゃあさぁ」

「おう」

「カッコいいし、お金持ちだし、優しいし。ねぇ？」

「まったくだ。いけすかない野郎だぜ」

「いいなぁって思うけど」

「けど？」

花陽が口を尖《とが》らせます。

「年上過ぎるよ」

まぁ今のところはそうですね。勘一もそうかそうかとにやにやしながらも内心はホッとしてるんじゃないでしょうか。

どなたか、若い男の方がこちらを見ているような気がするのは、気のせいですかね。

砂浜を歩いてきます。あら、本当にこちらに向かって歩いてきますね。

「すいません」

にこやかに笑って声を掛けてきました。お店の方も軽い感じで会釈してるからお知り合いなのですかね、地元の方でしょうか。

「はい」

勘一と花陽がなんだろう、という顔で返事をします。

「堀田勘一さんですか？」

「あぁ、確かに堀田だがね」

若い男の方、少々怖そうな方ですよ。ピアスなんかしてますし、アロハシャツに隠れたところから少し入れ墨も見えますね、最近はタトゥーとかいうようですが。まぁそれでもにこっと微笑まれた顔は、とても親しみやすい雰囲気を持っていますね。

「我南人さんから連絡をもらったんです」

「おじいちゃんに？」

あら、我南人のお知り合いの方ですか？

「柄の悪いじいさんと可愛い中学生が行ったので手を貸してやってくれって」

少し笑いながらその方が言います。まぁわざわざすいません。

「そりゃあ」

勘一も立ち上がりました。

「すまんかったね、わざわざ」

「三崎《みさき》龍哉と言います」

右手が差し出されました。握手とは珍しいですね。それにその仕草が慣れています。勘一も笑顔で右手を出しました。

「こんにちは、花陽ちゃん」

花陽にも握手ですか。まぁ花陽が頬を染めてますよ。うちの周りにはいない感じの男性ですね。何て言いますかね、荒々しいくせに洗練されてる感じですね。ちょっと不思議な方です。

「座っていいですか？」

「あぁ、どうぞ」

我南人のお知り合いということはこの方もあれですか、ロックの方のミュージシャンなんでしょうか。

「我南人の友達ってことは？　三崎さんも音楽やってるのかい」

「あ、龍哉でいいです」

「おう、そうかい」

「我南人さんとは少し違うジャンルの音楽ですけど、やってます」

勘一が頷きます。

「まぁどんなのか聞いてもわからねぇから言わないでいいや」

三崎さんが微笑みました。

「それで、何か人捜しって聞いたんですけど」

勘一が頷いて、キャンベラさんという日系人らしいおばあさんを探している、この店に毎日のように来ているってことはここで確かめたと話しました。どうやら別荘持ちのお金持ちらしいと。

話を聞いた三崎さん、あぁと頷きました。

「なんとなく、わかるかな」

あら、良かったですね。

「おっ、そうかい。あんたはここの生まれか」

「はい。ちょうど僕も別荘の多い辺りに住んでるから、たぶん、あの人だと」

直接の知り合いではないので、いきなり確かめることもできない。知人を通して訊いてみるのでちょっと時間が欲しいと三崎さんは言いました。勘一にしてみれば願ってもないことですね。もう暗くなってきたことですし、藤島さんの会社の別荘にお邪魔して連絡を待つことになりました。

別荘といいましても、どちらかと言えばとても大きめのお屋敷という感じですね。和風の造りでなんですか懐かしい感じの家ですよ。元々こちらにあった品のいい家を改装したという感じでしょうか。

割烹着《かっぽうぎ》を着たご婦人が出迎えてくれました。この方がここを管理しているのですね。聞けば近くの家の方で、通いでここの世話をしているということです。二人は一階の和室に案内されました。十二畳ばかりもあるでしょうか。小さな庭に面した部屋と、その隣に八畳ほどの和室があります。こちらはきっと布団を敷くのでしょう。欄間《らんま》といい雪見障子といい、なかなか凝った造りです。直通の電話が引いてありまして、ここに電話をするように三崎さんにお願いしました。

「大じいちゃん」

「なんだ」

「あの龍哉さんって人、どっかで見たことある」

花陽が首を傾《かし》げます。

「そうか？　まぁミュージシャンだっていうから、俺らが知らないだけで案外有名人なのかもしれねぇぞ」

「そうだね」

小一時間もしたころに三崎さんから電話がありまして、そのキャンベラさんという方に確認ができたそうです。確かに古本屋の姉弟に古本を一冊渡したとのこと。勘一のことを伝えると、ぜひこちらからお伺いしたいと言っていたそうで、この別荘の場所を伝えて電話を切りました。夕ご飯が終わった頃に来てくださるそうで、あと二時間ばかりはあるでしょうか。

「良かったね」

「まぁな。良かったんだか悪かったんだか」

花陽はわけがわからないという顔をしますが、勘一が子供に余計なことを説明しないというのはわかってますからね。何も訊きません。

そんなところに、管理人の方が部屋の外から声を掛けてきました。

「あの、お連れ様がお見えです」

「連れ？」

二人がきょとんとします。キャンベラさんが来るのには早過ぎますね。

「さっきの龍哉って奴か？」

勘一が出ていって扉をがらりと開けますと、あら、そこには我南人が立ってにこにこしているじゃありませんか。

「なんでぇ、来ちまったのか」

「一人かよ」

＊

部屋の座卓に座った勘一が、我南人を仏頂面で見て言います。

「他に連れてきたら親父《おやじ》が怒るだろうぉ」

「おめぇが一人で来たって怒るぜ」

にこにこしながら、我南人が煙草に火を点けてから言います。

「花陽一人じゃあ、何かと困ると思ってねぇ。それに親父の昔のことぉ、多少なりとも知ってるのは僕だけだからねぇ」

確かにそうですね。わたしが居ない今となっては。

「まぁいいじゃん三人で。こんなの初めてじゃない？」

花陽が嬉しそうに言いました。

「そうだねぇ、この面子《メンツ》でこんなところに居るなんてねぇ」

そもそも家族で旅行なんていうものは年に一回しかしませんしね。管理人のご婦人が蚊取り線香を持ってきてくれました。お庭に続く濡縁《ぬれえん》のところに置きます。

なんだかんだ言いながら、三人で楽しそうに会話をしながら運ばれてきたお食事を摂《と》りました。大したことはできないと藤島さんは言ってましたがなかなかどうして、家庭的な中にも立派な夕食が運ばれてきましたよ。海の近くだけあって、お魚が美味しいと花陽もご機嫌ですね。

「ねぇ、おじいちゃん、あの龍哉さんって人、カッコいいね！」

「そうだねぇ、昔の僕には負けるけどぉ、イイ男だねぇ」

「身なりはあれだ、入れ墨したりしてちょいと気に入らねぇけどよ、なかなか一本芯《しん》の通った男って感じじゃねぇか」

「彼はねぇ、きっと僕よりビッグになるよぉ。才能ある男だからねぇ」

これから何があるのかわかりませんが、花陽にとっては大じいちゃんやおじいちゃんと三人切りで過ごす初めての旅行みたいなものですね。いい夏休みの思い出になるのではないでしょうか。

どうなるか心配ですけど、まだちょいと時間はあるでしょうか。研人がもう正枝さんの家から帰ってきてるでしょう。いったん帰ってみましょうかね。幽霊を見る子供というのはどうなったでしょうか。

四

堀田家の居間でも、夕ご飯の支度が整えられていました。勘一も我南人も花陽もいませんから、少しばかり静かです。今日はコンソメ味の夏野菜たっぷりのスープですか。あふれんばかりにお野菜がたくさん入っていて、彩りもきれいですね。研人はこのスープに軽く焼いたベーコンとフランスパンが入っているのがお気に入りです。ご飯は五穀ご飯、豆腐ステーキの付け合わせはにんじんのグラッセとさやいんげんを炒《いた》めたもの。皆揃《そろ》ったところで「いただきます」です。

「いいなぁ花陽ちゃん、また海に行って」

「水着は持っていかなかったから、すぐ帰ってくるわよ」

口を尖らせた研人に亜美さんが言います。

「それで？　どうだった研人」

紺です。研人がいただきまーすとスープを一口飲んでから頷きます。藍子と紺と青と亜美さんとすずみさんに研人、いつもより三人少ないだけなんですが、これだけの人数になってしまうと部屋が広く見えますね。

「んー、フツーっていえばフツーなんだけどさ」

「うん」

「なんかねー、前の学校でいじめにあってたらしいよ」

「いじめかぁ」

青が顰《しか》め面をします。

「お前、何て言って話してきたんだ？」

「本持っていったんだよ」

「本？」

研人が頷きます。

「なんか怖そうな本が好きだとか言ってたじゃん。だから適当に二、三冊。うちにお前のばあちゃんが来て買ったのをお届けに来ましたーって」

まぁさすがですね。紺も頷いています。

「やるねお前」

「喜んでいた？」

藍子の問いに研人が大きく頷きます。

「本を読むのが大好きなのは、あれだね、けっこうスゴイね」

「そうなのか」

「部屋の本棚がもう本でびっしりだった。漫画もあるけど小説もいっぱい。きっとうちに来たら喜ぶよ」

それはいいですね。そういうところから何かが変わるかもしれませんから。まぁそういう研人も古本屋の息子だけあってなかなかの読書家ですからね。

「たださぁ」

「なんだ」

研人が顰め面をします。

「ちょっとねー、あいつとあいつのばあちゃん、ヘンなんだ」

「何が変なんだ」

首を傾げて、うーんと唸ります。

「なんて言っていいかわかんないけど。とりあえず今晩泊まってくるから」

「泊まる？」

「そう。お泊まりするって決めてきたから。それでいろいろ調べてくる」

素早いですねぇ。どうやったらそんなに急に仲良くなれるんでしょう。藍子も青も感心しています。紺がにやっと笑って、何やら研人に耳打ちしましたよ。研人も可笑《おか》しそうに笑って頷きました。

「なんだよ」

青の問いに研人は「ひみつー！」と叫びました。でもね、すぐ傍《そば》にいたわたしには聞こえましたよ。

紺は「うちにはひいばあちゃんの幽霊がいるって言ったんだろ」と訊いたのですよね。確かめたことは今までありませんでしたけど、やっぱりこの二人はそういうことを話していたんですね。

＊

さぁこちらの方はどうなりましたか。また葉山にやってきました。こういうときにはこの身が便利でしょうがありません。

どうやらお食事も終わって、勘一は新聞を読んでいます。花陽と我南人はテレビを観ていますね。勘一が新聞を下ろして壁に掛けられた古そうな掛け時計を見ました。

「そろそろか」

なんですか、ちょっと態度に落ち着きがありません。我南人もちらちらと勘一の顔を盗み見ています。仮にも息子ですからね、そういうのを感じているのでしょう。

「失礼します」

外から声が響きました。管理人さんの声ですね。花陽がパッと立ち上がって扉まで走って行きました。何やら他の方の声も聞こえて、花陽が戻ってきて嬉しそうに言いました。

「大じいちゃん！　来たよ！　このおばあちゃん」

間違いないよ、と頷きます。その後ろから声が聞こえてきました。

「遅くに申し訳ありません。ごめんください」

老婦人が入ってこられました。白い麻のシャツにベージュのプリーツスカート、眼鏡《めがね》を掛けた銀髪の方です。少し細過ぎるぐらいの身体ですが血色は悪くないですし、背もしゃんとしてらっしゃいますね。

さて、わたしには見覚えがまったくありません。年の頃なら、勘一とそんなに変わらないでしょうか。

入口で頭を深々と下げられた後に、立ったままのその方に我南人が「どうぞこちらへ」と促します。勘一は、座卓のところで迎えました。

何と言っていいか、かなり微妙な顔をしています。こんなような表情を見るのは、わたしも初めてではないでしょうか。じっと老婦人のお顔を見つめていますね。

「その眼だな」

勘一です。ゆっくりと口を開くと、そう言いました。

「随分と老けちまったが、その真ん丸い眼は昔と変わってねぇや。なぁ淑子」

淑子さん？

「淑子さん？」

我南人がわたしと同じように呟きました。淑子さんと呼ばれた方が、頷きます。あぁ、それまで静かな表情をしてらっしゃいましたけど、急に表情が崩れました。その瞳《ひとみ》から涙が溢《あふ》れ出しました。手に持っていたハンカチを口の辺りに当てます。

「どうも」

言葉が続きません。嚙《か》みしめるように唇が動きます。

「大変ご無沙汰《ぶさた》し、」

駄目ですね。込み上げてきた嗚咽《おえつ》で言葉が途切れてしまいました。花陽が心配そうに近寄っていきました。

「おばあちゃん、大丈夫？」

そっと肩に手を掛けます。淑子さんという方が小さく何度も何度も頷きます。ありがとう、ありがとう、と呟いています。

「親父ぃ、淑子さんってぇ、聞いたことあるよぉ」

我南人の言葉に勘一がゆっくりと頷きました。

「そりゃあ、あるわな。墓にも名前が彫ってあるしよぉ」

我南人が、ぽんと両手を打ちました。勘一が頷きます。

「死んじまった、俺の妹だ。おめぇの叔母《おば》さんだ」

そうですよ。わたしも聞いています。たった一人の妹は、戦争で死んだのだと。名前は淑子だと。

「死んだって言ってたねぇ」

ようやく落ち着いてきた淑子さんが、お顔を上げました。

「ご無沙汰しておりました。お兄さん」

本当に妹さんなのですね？　生きていらっしゃったのですね？　勘一がふぅ、とため息をつきます。そして皆に座れと手を上下させます。

「ま、ご無沙汰にも、程ってもんがあるわな」

座卓にそれぞれがつきました。花陽が皆の顔をちらちらと見て、瞳をいったりきたりさせています。

「花陽にしてみりゃあ、何になるんだ？　大叔母、は違うか」

「違うねぇ、そのひとつ前だからひぃ叔母かねぇ」

勘一が苦笑いします。

「聞いたこともねぇな」

淑子さんは、ほんの少しだけ微笑まれました。

「淑子」

「はい」

「この金髪で長髪で、この年になってもいつまでもしょうがねぇ格好してるのがな、俺の息子だ。我南人だ」

淑子さん、こくん、と頷かれました。

「はじめまして、淑子です」

「我南人です」

「花陽、はいいわな。そもそも紹介なんかしなくたってよ、おめぇはわかってたんだな？」

淑子さんは小さく頷きました。

「いつ帰ってきたんだ、アメリカから」

「アメリカ？」

花陽が言いました。勘一が、ゆっくりと頷きます。

「こいつはな、十七歳のときにな、昭和二十年よ。戦争が終わってすぐだったなぁ」

淑子さんがまた頷きます。

「日本にやってきた占領軍のアメリカの兵隊と結婚してな、そのままアメリカに行っちまったのさ。駆け落ち同然でな」

まぁ、そんなことが。さすがの我南人も驚いたように眼を大きくしました。

「あの本に挟まってた写真はよ。そのアメリカ人が、こいつの旦那になった男が撮った写真よ。よっく覚えてるさ。現物を見たのは初めてだったけどな」

まるでほんの何ヶ月か会わなかったような口調で勘一は話していますけど、何十年ぶりになるのでしょう。ほとんど六十年ぶりになるのでは。それにしても今の今まで、いえわたしはもう死んでいますから、結局一言も淑子さんのことを、生きていることを言わなかったのですね。驚きです。

淑子さんは勘一の話が途切れるのを待っていました。

「十二年ほど前に、帰ってきました」

静かに言います。勘一の眼が細くなります。十二年も前にですか。

「旦那は」

「十五年前に。ガンでした」

「そうかよ。十二年も日本に居たってのに、今頃かよ」

淑子さん、小さく頷きます。

「会えた義理ではないと、わかってましたから」

「一人で暮らしてんのか？」

「お手伝いをしてくださる方が二人いるそうです。勘一がうむ、と頷きます。

「お手伝いがいたり、こんなところに別荘で暮らしていたり、旦那はあれか、金持ちになったのかい」

「お陰様でそれぐらいのものは遺してくれました」

お子さんは二人、お孫さんも六人、曾孫もいらっしゃるそうですよ。それにしても、そういう家族をアメリカに置いて一人で帰ってきたというのは。我南人がそんなふうに訊くと、淑子さん静かに頷きました。

「七十も近くなって、急に里心がつきました。許してもらえるとは思っていなかったのですけど、死ぬのなら日本で死にたいと思いました。家族には我儘《わがまま》を言って一人で帰ってきたのです」

そうして人を使っていろいろと我が家のことを調べたそうです。勘一が今も元気でいることもちゃんと知っていたと。我南人のこともわたしのことも我が家の家族皆のことを今まで見つめてきたと。

「それなのに、会いに来なかったの？」

花陽です。淑子さん、にこっと笑って頷きました。勘一の方を見て言います。

「会うのは、私が死ぬときだと思ってました。許してもらえるとは思っていませんでしたし、顔を出してからもおめおめと生きていられません。できれば死ぬ前に、もしも間に合うのなら死ぬ直前にお兄さんに謝ろうと。そう思っていたんですけど、身体が丈夫なのはお母さん譲りでしょうか。今まで生き長らえてきました」

「死ぬ前って、じゃあ」

淑子さん、花陽に向かってこくんと頷きました。

「もうこんな年ですからほとんど意味はないとは思いますが、主人と同じ病にかかっています。もう、そんなに長くはないそうです」

まぁ、それは。花陽が悲しそうな顔をします。淑子さんはそれを見て微笑まれました。

「大丈夫ですよ。この年になってもこんなに元気にいられることだけで、もう充分ですからね」

勘一の顰め面がますます激しくなりました。淑子さんは一度頭を下げて、続けます。

「脇坂さんのご親戚の旅館がここにあるのは、知ってました。でも、研人くんと花陽ちゃんがこちらに遊びに来たのを知ったのは偶然です。いつも散歩がてら顔を出す海の家で見かけたときには驚きました」

花陽の方を見て微笑みます。

「そろそろかと思いながら機会をうかがっていたんですが、これも縁かと思い、本を届けてもらったのです。お兄さんならすぐにわかるだろうと。もし、忘れているのなら、会いたくもないのなら、何の連絡もないだろう。もしも」

「馬鹿野郎！」

突然勘一が淑子さんの言葉を遮り、そう叫んで睨みつけました。

「淑子！」

「はい！」

怒鳴り声に思わず淑子さんも背筋を伸ばし、大きな声で答えました。

「謝るんならよ、帰ってきて会いに来るんならよ、もっと、もっとずっと早くにだろうが。親父やお袋が死んじまう前にだろうが！」

そう言う勘一の頰が紅潮してきました。

「家を捨てて、家族を捨てて、国までも捨てておめぇは愛とやらに走ったんだろうよ。愛した男のために何もかも捨ててよぉ、敵国のアメリカ人になったんじゃねぇか！　ええおいそうだろ！」

　淑子さんが、下を向いたまま小さくなっていきます。そんなに怒鳴らなくても。

「親父やお袋がよぉ、どんなに、どんだけ泣き暮らしたか、わかってんのかよ？　お前は戦争で死んだことにしよう、あの戦争でアメリカ野郎に殺されたことにしようってよ、位牌《いはい》まで作って墓に名前まで刻んで、毎年毎年終戦の日には線香を上げて泣いてよぉ、そんな、そんなよぉ！」

　どんどん声を荒げていく勘一を我南人が止めようとしましたが、勘一の顔を見て思い止《とど》まりました。花陽が、眼を丸くしています。

　勘一が、泣いています。眼に涙を湛《たた》えて、そしてそれを堪《こら》えています。

「こんな、こんなつまらねぇものを」

　勘一が座卓の上の本を手に取りました。

「こんなものを、今の今まで後生大事に取っておきやがってよぉ、おめぇは、おめぇは、馬鹿野郎」

　言えなくなりました。涙が溢れます。それをぐいっと腕で拭《ふ》きとりました。

「よく、生きて、生きていやがって、帰ってきやがって」

　もう言葉になりません。勘一は下を向いてしまいました。その肩が、背中が震えていますよ。淑子さんの口からも嗚咽がまたこぼれだします。花陽がそっと近づいて淑子さんの背中を優しく撫でています。

終戦の年ですか。あの頃にどんなことが、どういう事情があったのかは、同じ時代を過ごしてきたわたしにはよくわかります。アメリカの兵隊さんと出会い愛し合い、一緒になろうと決めたことがどれほど大きなことだったか。淑子さんの覚悟もまた相当なものだったでしょうね。

思えば勘一があれほど外国人の方を嫌っていた理由もここにあったのでしょうか。

「それなのに、やっと会えたのによぉ、もうすぐ死んじまうってのは、どういう了見なんだおめぇは」

馬鹿野郎、馬鹿野郎と、泣きながら勘一が呟きました。

しばらく、誰も何も言えませんでした。花陽はただただもう驚いて、それでも淑子さんの傍にいて手を握っていてあげてますね。活発で気の強い女の子ですけど、優しい子ですよね。

我南人は、じっと何かを考えているようでした。座卓の上に置かれた本を、そっと我南人が開きました。その様子に勘一も顔を上げましたよ。

「あれだねぇ、親父ぃ」

「なんでぇ」

鼻を啜り上げました。もう落ち着いたようです。

「物心付いたときから、こんな古い本に囲まれて育ってきたけどぉ、たかが本だけどぉ、いろんなドラマがあるもんだねぇ」

いつものとぼけているんだかなんだかわからない我南人の口調に、勘一が思わず苦笑いします。

「なんでぇ今更。ようやくそんなことを考える年になったってのは、おめぇ遅過ぎるぞ」

「そうだねぇ」

花陽も笑っています。淑子さんも眼を真っ赤に腫《は》らしながらも顔を上げて我南人を見ました。

「この本はぁ、淑子叔母さんが自分で持っていったのぉ？」

我南人の問いに、勘一と淑子さんが顔を見合わせました。

「お兄さんが」

「親父がぁ？」

淑子さんが頷きます。

「家を飛びだしたときです。お兄さんが追いかけてきて、手に持っていたそれをくれたんです。『持っていけ』と。何があろうと、絶対に忘れるなと言って」

そのとき、店の外で待っていた旦那さんが、勘一の写真を撮ったそうです。それであんな仏頂面をしているのですね。

「なんだぁ、じゃあぁ、親父は最初っからぁ許していたんじゃないぃ」

勘一が渋面を作ります。

「愛した男のために何もかも捨てようとした叔母さんを、妹を許したんだねぇ。叔母さんの気持ちをさぁ、わかっていたんじゃない。だからこの本を渡したんだねぇ。せめて自分がこさえたこの本を持っていけば、遠い外国に行っても日本を、家族を忘れないんじゃないかと思ったんじゃないぃ？」

淑子さんの眼が大きくなりました。勘一はますます渋い顔になります。

「LOVEだねぇ」

我南人はにっこりと笑います。

「淑子叔母さんもさぁ、LOVEのために何もかも捨ててねぇ。それでも親父のLOVEがいっぱい詰まったこの本をさぁ、六十年もの間大事にしてきたんだねぇ」

そうなんでしょうね。その通りだと思います。たまには我南人も的確なことを言いますね。

「親父ぃ」

「なんでぇ」

「良い状態だねぇこの本。これでも古本屋の息子だからねぇよっくわかるよぉ。こんな状態で残っているなんて、よっぽど大切にしてきたんだよぉ」

勘一を見て笑います。

「んなこたぁ」

煙草を手に取って火を点けました。

「当たり前じゃねぇか。淑子だってよ、古本屋に生まれて育った娘じゃねぇか。本を大事にするなんてなぁ当たり前だそんなもん」

そうですよね。何があろうと、淑子さんも〈東京バンドワゴン〉で育った家族なんですよね。

花陽がにこにこしながら勘一の顔を見ています。照れ隠しでしょうね、勘一はくるりと背中を見せて庭の方を向きましたよ。

「暑いな今夜も」

庭から虫の声が聞こえてきます。

五

翌日の午後です。カフェの方では藍子と青が、古本屋の方では紺が店先に居ます。亜美さんとすずみさんはお昼ご飯の後片づけをした後に、ちょっと蔵でひと休みです。実は夏の間はこの蔵がいちばん涼しいのですよ。猫たちも犬たちもすっかりそれがわかっているので、蔵に入りたがるのです。けれどもそうはいきませんね。いくらしつけてあるとは言っても何が起こるかわかりませんから犬猫は出入り禁止です。

蔵の中二階の床にマットレスを敷いてタオルケットを掛けて二人でお昼寝しています。そうやって身体を休めるのもお母さんになる人の仕事ですからね。研人は遊びに行ったのでしょうか、姿が見えません。

そんなところに、勘一と我南人と花陽が帰ってきました。

「ただいまー」

「お帰り」

紺が帳場で迎えます。

「どうだった？」

紺が我南人に訊くと、我南人はちょいと肩を竦《すく》めて勘一を見ました。

「妹？」

店をサボっちまったから仕事をすると、勘一は紺に代わってさっそく帳場に座り込みました。花陽は家の中に入っていって、我南人が紺に説明しています。

「それって」

紺が勘一の方を見ると、勘一はうるさそうに手をしっしっと動かします。

「もういいって。どうせよいずれ皆にはちゃんと説明しなきゃならねぇんだ。それまで待ってろ」

ころん、と入口の鈴が鳴りました。あら、研人が帰ってきましたね。あぁ、お友だちが一緒のようです。あの子が正枝さんのお孫さんですか。正枝さんの姿も後ろに見えますね。

「お帰り」

「ただいま」

研人が少し元気がありませんね。どうしましたか。

「おじいちゃん」

「なんだいぃ」

「光輝のおばあちゃんが話があるって」

居間に勘一と我南人が座りました。正枝さんと光輝くん、研人が座ります。一応研人の父親でもある紺も座りましたよ。店番の方には起きてきたすずみさんがよいしょっと座りました。

「我南人ちゃん、ご迷惑かけてしまってごめんなさいね」

「僕はなんにもしてないねぇ。なんかあったのかなぁ？」

我南人が研人を見ます。

「あのさ」

「うん」

「私からご説明しますとね、まぁ要するに私の勘違いとね、この子の悪戯なんですよね」

「悪戯」

正枝さんの話では、光輝くんが幽霊と話していると思っていたのは、光輝くんが頭の中で考えていたことをつい口に出して喋《しゃべ》っていたということです。よくわかりませんが、小さい子がお人形遊びをしながらいろいろ喋ったりするような、そういうことでしょうか。

「それにね、水が天井から落ちてきたり、窓ガラスが叩かれたりしたのは全部この子の悪戯だったんですよ」

「なんでそんなことを？」

紺です。正枝さんは済まなさそうに頷きます。

「私も悪いんでしょうねぇ。この子の母親はほとんど家にいないし、私も私でね、どうにも付き合いの悪い人間なものだから、きっとこの子の反発心だと思うんですよね」

紺が頷いたところ、研人が手を挙げました。教室じゃありませんよ。

「なんだ？　研人」

「言っていい？」

「いいぞ？」

「だから、光輝のおばあちゃんそれは違うって」

皆が、ん？　という顔をします。肝心の光輝くんはずっと下を向いたままですね。大人しい子というのは本当のようです。

「朝から言ってるのにわかってくんないんだけどさ、光輝の話を聞いてみてよ。すごいんだからこいつの考えてる物語」

「物語？」

　研人が頷きます。

「こいつ、すっごいおもしろい物語をさ、ずっと頭の中で考えてるんだよ。もちろん最後にはノートにも書くんだけどさ、最初はずっと頭の中で考えていてそれをついぶつぶつ口にしちゃうんだよ。それを始めるとお腹が空《す》いたのも忘れちゃうんだ。ちゃんと聞いたし書いたのも読んだんだけどすっげえおもしろいんだよ！」

「ほぅ」

勘一が思わず声を上げて、紺も頷きました。

「それを書き取る人がいたなら、立派な口述筆記だね」

研人が大きく頷きます。

「それにさ、おばあちゃんが幽霊とか悪戯とか勘違いしたのはさ、物語の中で考えたことが現実にできるかどうか実験してたんだよ」

「へぇ」

紺が感心します。

「じゃああれかな、例えばトリックとかを考えて、それが実際にできるかどうかやってみたのかい？」

あら、紺のトリックという言葉に光輝くんが反応しました。おずおずと顔を上げて嬉しそうに少し笑いましたよ。

「五年生でそこまでやってみるってのは大したもんだね」

「だからさ、言ったんだよ。もっとさぁ、ちゃんと光輝の話を聞いてやってって。ちゃんと聞けば光輝はこれでけっこうすごいやつなんだってわかるってさ」

正枝さんが渋面を作ります。

「それは、本当に大したものかしら？　要するにただの子供の遊びよね？」

ふぅむ、と勘一が腕組みしましたよ。あぁこの顔は何か言いたいけど少し我慢をしている顔ですね。我南人が、光輝くんの顔を見ました。

「光輝くん」

「はい」

「君のお母さんはぁ、君がそういうことをしてるの知ってるのぉ？　物語を作ってるとかぁ」

光輝くん、小さく頷きました。

「何て言ってるぅ？」

「すごいねって」

むーんと我南人も唸ります。さて、これはどうしたものでしょうね。要するにほんの少しの気持ちの掛け違いみたいなものですね。正枝さんにもう少し余裕があれば、あるいはお母さんが家にきちんと居てくれれば済むような問題だと思うのですが。

なんでしょう、紺が何かに気づいたようです。

「光輝くん」

「はい」

「そこに入っているのは、君のもの？」

紺が指さしたのは、光輝くんが抱えていたプラスチックのケースですね。半透明のケースなので中に入っているものが見えます。

「うん」

「ちょっと見せてくれない？」

光輝くんが差し出したものを紺が受け取ります。あら、これは。それを見た勘一の眼も輝きましたね。

「これか、おばあちゃんが気持ちの悪い表紙の本とか言ってたのは」

紺がそっと取り出します。これはアメリカの古いパルプ雑誌じゃありませんか。ＳＦとかの宇宙人とか怪人とか、そういうのが表紙になっているのもありますから、まぁ確かに気持ち悪いかもしれませんね。

「この本は？　どうして？」

「お父さんが」

なんですか別れたお父さんが好きで持っていたものを、光輝くんに全部くれたそうです。

「たくさんあるの？」

光輝くん、こくんと頷きました。

「じいちゃん」

「おうよ」

二人がにやにやしていますよ。正枝さんがその様子に不思議そうな顔をします。

「正枝さんよぉ」

「はい」

「子供の気持ちがわかんねぇってのは、確かにあるわな。今の生活をよ、日々を過ごしていくだけの暮らしじゃあ気持ちに余裕がでないってのは、まぁしょうがねぇさ。そういうときはガキのわけわからない行動がいらつくもんよ。最近は皆そうなんじゃねぇか？　皆が自分のことばっかり考えてるからよ、子供の気持ちになれねぇのさ」

だから子供を虐待したりするんだって、勘一が怒ります。一概には言えないでしょうけど、そういうのもあるかもしれませんね。

「ほんのちょいとよ、気持ちを切り替えるだけでもがらっと見え方が変わるってこともあるってもんよ。坊主」

坊主と呼ばれて光輝くん、ちょっと驚いています。

「その本、何冊ぐらい家にあるんでぇ」

「百冊ぐらい」

「百冊？」

光輝くんが頷くと「そいつはすげぇな」と勘一が感心しました。紺も、へぇぇ、と嬉しそうに笑います。

「正枝さんよ」

「はい」

「例えば、あんたが気持ち悪いとか言ってたその雑誌だ」

「雑誌？」

「詳しく見てみねぇとはっきりは言えないけどよ、百冊もあるっていうんなら、売れば、そうさなぁ、少なく見積もっても坊主の大学の学費ぐらいの金にはなるかもしれねぇぞ」

正枝さんの眼が大きくなりました。勘一がその雑誌を光輝くんから借りて手に取ります。かなり古そうな代物ですね。表紙はこれはバットマンじゃありませんか。

「これはなぁ大昔にアメリカで出された〈パルプマガジン〉って言ってな、当時は安っぽいイロモノ雑誌だったんだけどよ。今となっちゃあマニアが大勢居てけっこう高値で取引されるのさ。ま、それこそアメリカの市場の方が高く売れるから、実際に売るとなるとちょぃいと面倒だけどな。なぁ紺」

紺も頷きます。

「まぁ知り合いがいるから、なんとか」

「そうなりゃあれだ、娘さんもよ、息子の将来のためにって一生懸命働いているんだろうけどよ、ほんの少し余裕を持ってよ。三人の生活ってやつをゆっくり見つめられるんじゃねぇのかい？　そうなりゃ、坊主も淋しい思いをすることもない。あんたもいろいろと迷うことも少なくなるだろうさ」

そうかもしれませんね。結局はお金というところに落ち着いてしまいますけど、大事なことは家族が同じ気持ちになって、お互いを見つめ合うことですよね。

そのために必要ならば、お金だって、それこそ我南人の言い草ではありませんが、LOVEですよね。

「光輝くんよ」

勘一が優しい声で呼びます。

「はい」

「お母さんやお父さんが居なくて淋しいだろう」

光輝くん、ちょっと迷いながら頷きます。

「でもよ、ちゃんと我慢してたんだろ？　いじめられてもよ、自分が我慢すればいいって思ってたんじゃねぇか？」

また少し頷きます。

「いいぞ。それでいいんだ」

あら、いいんですか？　光輝くんも不思議そうな顔をします。

「淋しいってよ、わんわん喚《わめ》いたり暴れたりするのも、まぁ子供らしくていいけどよ。男の子はよ、やせ我慢ってものをしなきゃならねぇんだ。どんなに淋しくてもよ、辛くてもよ、自分一人で頑張るんだっていうやせ我慢ってやつをよ、覚えなきゃあならねぇんだよ」

そうでしょうか。男の人はそういうふうに考えるのでしょうかね。

「研人を見てみろ。父ちゃんも母ちゃんも忙しくて休みなんかありゃあしねぇ。夏休みになってもどこにも連れて行ってもらえねぇし、かまってもくれねぇ。それでもよ、こいつは自分で楽しいことを見つけて毎日遊び回ってるぜ」

まぁ研人はね、こんなにたくさんの人に囲まれてますから、もうそれだけで淋しくないといえばそうだと思うんですけど。

「今のガキはよ、親に大事にされて周りからちやほやされてやせ我慢ってやつをまるでわかっちゃいねぇんだよ、身に付かねえし、できねぇんだ。だから大きくなってとんでもねぇことをしでかすんだ」

勘一は光輝くんの頭に手をやりました。

「一人で淋しくても、しばらくの間はやせ我慢してろ。自分で楽しい物語をどんどん作れ。頑張って一人で遊んでいれば、そのうちにおっかさんもばあちゃんもお前に目を向けてくれる。な？」

光輝くん、にこっと笑って頷きました。

「まぁ淋しくなったらうちに来い。研人もいるし犬猫もいっぱい居る。おめぇの知らない本がわんさかある。何日通ったって読み切れねぇし、ここで読んでる分には金を取らねぇから安心しろ」

そうですね。うちには子供の読む本もたくさんありますし、毎日たくさんの人間が出入りしますから、淋しくはないでしょう。むしろ本を読むには煩《うるさ》いぐらいですよね。

＊

夜になってマードックさんが花火をたくさん持ってやってきました。込み入った我が家の周りでは大きな花火は近所迷惑ですけど、小さなものなら大歓迎ですよね。店先でやっていると近所の子供たちも集まってきます。お家で花火が残っているご近所さんも出てきて、一緒に始めます。あら、曙荘の裕太さんじゃありませんか。ちょうど家に帰りがけだったようですね。藍子に誘われて嬉しそうに花火に参加しました。

研人と花陽も夏の花火は大好きですよね。研人はすぐに花火の火花を道路に向けて、それで絵を描いて怒られるんですよ。

青がたらいに水を張りました。消えた花火はそこに入れてくださいね。後から片づけますから。

皆が花火に夢中になっているとき、少し早いお盆休みに入った〈はる〉さんのお店の中に小さく灯がともっていましたのでね、ちょっと気になってやってきたのですが我南人が居たんですよ。なんですか真奈美さんとコウさんとカウンターに座ってお話をしています。

もうお一方、後ろ姿にも華やかな雰囲気を感じる方がいらっしゃると思ったら、池沢《いけざわ》百合枝《ゆりえ》さんでした。

日本を代表する女優さんで、青の産みのお母さんですね。

青とすずみさんの結婚式にいらしていただいて、その後どうなるかと思いましたが特に変わりもありません。おそらくは青も気づいているとは思うんですが。

今日はどうしたのでしょう。白いワンピースでいかにも普段着という感じの池沢さん。お休みだったのでしょうか。

「すっかり馴染《なじ》んだみたいね、コウさん」

池沢さんに言われてコウさん微笑んで頷きました。あら、ではコウさんをここに紹介したのは池沢さんですか。我南人を通じてでしょうか。

「感謝してますよ。お客さんも皆いい人ばかりで」

「そんなことはないねぇ、僕みたいなのがいるからぁ」

我南人が笑います。それはそうかもしれません。コウさんが苦笑しました。

「第二の人生を、こういう形で始められて、本当に良かったです」

コウさんが頭を軽く下げました。池沢さんが水臭いと微笑んで、コウさんのコップに冷や酒を注《つ》ぎました。聞けば以前の職場は京都の一流の料亭さんだったそうで、そんなところからこちらにいらしたんですからね、何らかの事情はあるんでしょうと思ってましたが。まぁそのうちにお話をしてくれるかもしれません。

「ところで我南人さん、勘一さんの妹さんの方は」

真奈美さんです。

「そうだねぇ、できれば我が家に来てほしいんだけどぉ、親父と一緒でさぁ、相当頑固でねぇ。遺伝なんだねぇ」

皆が苦笑します。

「まぁでも病気の方はね、彼女にもいいお医者さんを紹介してもらってねぇ。少しでも長生きしてもらわなきゃねぇ」

池沢さんが小さく頷きました。そうでしたか、我南人も考えていないようでちゃんと自分で動いていたのですね。池沢さんにもご面倒をお掛けしたみたいで申し訳ありません。

どうやらこうして我南人は池沢さんともしっかり会っていたみたいですね。それも青の結婚式で会ってからなんでしょう。

けれどもそうなると、我南人と真奈美さんの疑惑はこれで消えたということでしょうか。真奈美さんも池沢さんとは親しくお話をしています。我が息子ながら、本当に考えてることも行動も読めません。

何やら四人でなごやかにお話を進めているようですから、邪魔者はこの辺で退散しましょうか。

＊

紺が仏間に座りました。おりんを鳴らして手を合わせます。

「ばあちゃん」

「はい、おつかれさま。淑子さんは、その後どうだい？　何か連絡はあったのかい？」

「じいちゃんが何も言わないんだけどさ。親父が言うには、近いうちに呼ぶってさ。このままってわけにもいかないからって」

「そうだねぇ。いろいろあったんだろうけど。その方がいいでしょうね」

「ばあちゃんにしてみれば義理の妹に会い損ねたね」

「本当ですよ。生きてるうちに、藍子と亜美さんみたいに仲良くやりたかったですけどね」

「そっちに行ったらその分仲良くすればいいさ」

「あら、縁起でもない。淑子さんの前でそんなこと言ったら駄目ですよ」

「わかってるよ」

あら、終わりですか。紺が頷いておりんを鳴らします。そういえばそろそろお盆ですね。たくさんの方が帰ってらっしゃるようですけど、わたしはここに居ますからねぇ。あまり関係ないんですが。

それにしても、合縁《あいえん》奇縁《きえん》と言いますが。親子兄妹といえどもいろいろあるものですよ。だからこそ人生は面白いのかもしれませんね。何にしても生きていればこそですよ。

㊙ SHE LOVES YOU

一

天高く馬肥ゆる秋、と言いますが、馬肥ゆるなんて言われても本当に今はピンと来ない人の方が多いでしょうね。

昔はこの辺りでも馬が馬車を引いて道を行く姿が見られたなんて、本当に信じられませんよねぇ。

そういえば、馬ではありませんが、ほんの二昔前には我が家の庭に栗鼠《りす》が現れたこともあるんですよ。いえ二昔ではなく三つも四つも昔でしたかね。どこからやってきたのか、我が家の庭に転がったどんぐりの実を盛んに集めていましたよね。あの栗鼠は何処《どこ》へ行ってしまったのでしょうね。住み着いてくれれば可愛いなと思っていたんですが、いつの間にかいなくなってしまいました。

山の方ではすっかり紅葉も見ごろになりまして、紅と黄色とそれはもう素晴らしい色彩で山々を彩っています。我が家の庭の秋海棠《しゅうかいどう》はいつも遅咲きなのですが、そろそろ綺麗に咲いてくれる頃でしょうかね。金木犀《きんもくせい》の香りが漂ってくるのもじきでしょうか。

そんな十月のある日です。

相も変わらず堀田家の朝の食卓は賑《にぎ》やかです。

いよいよ産み月を迎えました亜美さんとすずみさんは大きなお腹《なか》を抱えています。紺と青が食事の準備を手伝うのもすっかり我が家の当たり前の風景になりました。それに加えて赤ちゃんの誕生を心待ちにしている花陽と研人も手伝いますので、かえって邪魔になるぐらい台所が賑やかなのですよね。居間の方でどっかと座って待っているのは勘一と我南人だけです。

座卓の上に朝ご飯が並べられて、皆で揃《そろ》って「いただきます」です。

なんですか今朝《けさ》は、昨日花陽が作ったロールパンがあるとかで、皆お皿の上にロールパンがひとつふたつ載っています。普段は米の飯じゃないと気が済まない勘一ですが、花陽が作ったんならまぁたまにはいいかと納得していますね。ベーコンをカリカリに焼いたものと目玉焼き、昨夜《ゆうべ》作っておいたポテトサラダにコーンスープと、今朝はすっかり洋風ですね。

「おい七味取ってくれ七味」

「そういえば亜美ちゃんはぁ、脇坂に帰らないのぉ？」

「ねぇ、靴に穴が開いちゃったんだけど」

「おじいちゃん、ご飯じゃないから、目玉焼きに七味はかけない方がいいんじゃないですか？」

「あら、買わなきゃね。でもそういうのは穴が開く前に言ってくれる？」

「なんで帰るの？　亜美さん」

「馬鹿野郎。七味はコーンスープに入れるんだよ」

「帰りませんよ？　それは出産は実家でとかですか？」

「部屋のことも考えなきゃなぁ。いっぺんに二人も赤ちゃんが来るとなると」

「そうそう」

「それ、美味《おい》しいんですか？」

「おい我南人。おめぇはちゃんと家に居ろよ」

「二度目ですからね。大丈夫です」

「ベビー用品をレンタルで揃えなきゃね。ベビーバスとかいろいろ」

「居ろってぇ？　赤ちゃん産まれるときぃ？」

「亜美さん二階に居るより一階の方がいいよな」

「おめぇが赤ちゃん取り上げてどうするんだよ。明後日《あさって》だよ明後日、秋実さんの七回忌の日だよ」

皆が一瞬箸《はし》を止めたり、うん、と頷《うなず》いたりしました。そうですね。早いものでこの秋でもう七回忌ですか。

「まぁいつものように身内だけでねぇ、家で済ますからねぇ」

我南人がそう言うと皆も頷きます。

「お寺さんに手間取らすこともねぇしな」

「そうだねぇ」

実は秋実さん、御親族の方は居ない身の上だったんですよ。小さい頃から施設で育った方だったのですよね。ですから結婚式も、それからお葬式も、出たのは家の親族だけでした。結婚式はね、紺も青もそうでしたけど祐円さんのところで神前結婚式でしたけど、もともとは無宗教の我南人と秋実さん。亡くなられたときも特に神も仏もなく、皆でお別れ会をやっただけでした。

とはいえ墓はありますしね、お骨はそこに納めてますし、命日にはちゃぁんとお参りに行ってます。まぁそういう形式はどうでもいいのですよ。ようは気持ちさえあれば、形はどうだっていいとわたしは思いますよ。

「やっぱりその日はお休みですか？」

すずみさんが訊《き》きます。

「そう。中途半端に開けるよりは休んだ方がいいから」

定休日のない〈東京バンドワゴン〉が唯一休む日が明後日、十月十四日。秋実さんの命日なんですよね。


いつものように朝から店開きです。今日は勘一が病院に行くことになっていますので、すずみさんが帳場に座っていました。いえ病院は単なる定期検診です。あちこちガタがくる年齢の勘一ですが、毎回お医者様に言われるのは「あと二十年は生きる」ですよね。本当に丈夫なだけが取り柄です。

午前八時をまわった頃ですか、いつもは朝一番にやってくる祐円さんが今日はこの時間にやってきました。帳場に座るすずみさんを見てにっこり笑います。

「すずみちゃん、産み月だってのに大丈夫かい」

「おはようございます。平気ですよ」

もういつ産まれてもいいように準備はできてますし、人手だけはありますから安心といえば安心です。カフェの藍子からコーヒーをもらって、祐円さんどっかと帳場に座ります。すずみさんが何かを思いついたようにきょろきょろしました。

「祐円さん」

「ん？　なんだい」

「秋実さんのことなんですけど」

「秋ちゃん」

懐かしいですね。祐円さんは秋実さんを秋ちゃんと呼んでいましたよね。

「七回忌なんですけど」

「あぁ、そうだな。まったく早いもんだ」

すずみさん、少しだけ眉《まゆ》を顰《ひそ》めます。

「あのぉ、こんなことを訊けるのは祐円さんしかいないと思うんですけど」

自分しかいないと言われて祐円さん、嬉《うれ》しそうに顔が緩みます。なんでしょうねそのだらしのない顔は。

「秋実さんの名前が出ると、うちの人たちはみんな、なんていうか、何かを考えてしまうんですよ」

「考える？」

「上の空になるというか、自分だけの思いに浸ってしまうというか」

祐円さん、あぁ、と頷きます。すずみさん、ちょっとだけ淋《さび》しそうですね。

「私はもちろんお会いしたことがないんですけど、あの、秋実さんの死というのはそんなにこの家の人の」

「あれかい」

「はい」

「青の野郎も何にも言わないかい」

祐円さんが優しく微笑《ほほえ》んで訊きました。すずみさん頷きます。

「とにかく、ショックだったんだってそれしか。もちろんお母さんが亡くなるというのは、私も経験してますから、その気持ちはわかるんですけど」

「ちょっと違うってかい？　ここの連中の反応は」

「はい」

そうだなぁと祐円さん頷きます。そうですね、やはりそのときを一緒に過ごした者でなければわからない部分はありますかね。

「まぁ、そうだなぁ。たぶん明後日の七回忌のときにはあれこれ勘さんが話してくれると思うよ」

ぽんぽんとすずみさんの肩を叩《たた》きます。

「秋実さんはね、この家の太陽だったんだ」

「太陽？」

祐円さん、大きく頷きます。

「太陽を無くした地球や月や火星や水星はなぁ、まるで宇宙の孤児みたいになってしまってなぁ」

そうですね。さすが神主さん、いい表現をしました。まさに、その通りでしたね。

「そのときに訊いてごらんな。あんたもここの家族の一員なんだ。皆がちゃんと教えてくれるさ」

＊

藍子が買い物に出ると言うので、わたしもちょいとお供をすることにしました。画材を買いに行かなくてはならないので少し遠出をするのですよね。たまにはそういうふうに遠くへ行かないとわたしもあれですよね、ひきこもりになっても困りますから。カフェの方は青がしっかりとやっています。

思った通りというか何というか、青がカフェに出るようになってからは本当に女性のお客さんが増えました。モテモテの青でしたけど、特に浮気性というのはないようでしたから心配はないのですが、そこはそれ人一倍愛想がいいですから、すずみさんは内心穏やかではないでしょう。

藍子は駅の方へ歩いていきました。てっきり電車に乗ると思っていたんですが、あら、あの格好のいい車は、確かポルシェとかいう外車ですよね。藤島さんの車じゃありませんかね。

あぁやはりそうでした。ドアが開いて、中から藤島さんが出てきて藍子に手を振ります。藍子も軽く会釈をしましたよ。

これは偶然ではなくて、藍子と藤島さんが待ち合わせをしていたんでしょうか。さて困りましたね。一緒に行きたいのですが、電車ならともかくこの車は狭いですよね。いくら自由なこの身とはいえ、乗る座席がなければわたしはどうしようもありません。一度でも行ったことがある場所ならひょいと行けるのですが、知らないところには空を飛んでも行けませんし、まさか車と一緒に走ることもできません。それでは何処かの怪談話ですね。迷っているうちに車は出ていってしまいました。

一体何処へ行ったんでしょうかねあの二人は。まぁ、無軌道な若者というわけでもなし、放っておいてもどうということもないでしょう。男と女のことに関してはいくら周りがやいのやいの言ってもどうなるものでもありませんし。

家に帰ると勘一と我南人が蔵の入口のところに置かれた椅子《いす》に座り、二人で一服しながら話していました。世間の風とは無関係に喫煙率が高い我が家ですが、今は妊婦さんが二人も居ますので、家の中で煙草《たばこ》を吸うのは遠慮しているんですよね。もちろんきちんとバケツに水を張って置いてあります。

「いいんじゃないのぉ？　呼んでやっても」

我南人が言うと勘一がむぅと顰《しか》め面をします。何の話でしょうか。

「まぁしょうがねぇか。いつまでも放っておくのもな」

「喜ぶよぉマードックちゃん」

「しかしなぁ」

どうやらあれですか。七回忌にマードックさんも呼んであげるという話でしょうか。それは喜びますよね。

「納得できないんならぁ、ついでに藤島ちゃんとかさぁ、茅野さんも呼んであげればぁ？ どうせ祐円さんも来るんだろうし、淑子さんも呼んであげるんでしょ？」

あぁ、淑子さんですよね。実は一度だけ我が家に呼んで皆に事情を説明したんです。六十年ぶりに自分の家を見て、淑子さんぽろぽろ涙を流していました。カフェなんか作りましたけど基本的には何も変わっていないですからねぇ。

なんでしたらそのまま我が家に住んで、という話はしたのですよ。ただ淑子さんがね、今まで通りがいいと言うものですから。

「身内だけですると は言ってもぉ、みんな身内みたいなものだねぇ」

そうですね。脇坂さんも顔を出してくれるそうですし、その方がいいかもしれません。

勘一もむぅ、と唸《うな》って頷いていますね。

「ま、秋実さんはおめぇの嫁さんだ。おめぇの好きなようにすればいいさ」

そうですよね。我南人も頷きます。

「ところでよ」

我南人が立ち上がったところで勘一が思い出したように訊きました。

「なにぃぃ？」

「七回忌も無事に終わったらよ。藍子だけじゃなくておめぇも好きにしていいんじゃねぇか？」

「僕ぅ？　僕はいつも好きにやってるねぇ」

「そうじゃなくてよ。おめぇだってまだ六十だろ。俺《おれ》みたいにあと二十年生きるとしたらよ、ずっと一人で居なくてもいいんじゃねぇかってことよ」

まぁ好きにしろよと言って、勘一も煙草を防火バケツに放り込みました。

確かにね、我南人も六十とは言っても充分に若々しいですから。いつまでも秋実さんに義理を立ててなくてもいいとは思いますが、まぁそれは人の気持ち次第ですから。

気温がぐっと上がりまして、秋にしてはちょっと暑いと感じるぐらいの日になりました。カーディガンなどを着込んでいた勘一も暑いと脱ぎました。

いよいよ赤ちゃんを迎える日が近づいているということで、いろいろと家の中の整理をしたいと紺と青はずっと話していたのですが、そこでどうしても話が止まってしまうのが藍子とマードックさんのことでした。もし二人が近々に結婚でもして一緒に住むと言ったらどうしようと。それに加えて勘一の妹の淑子さんの問題も浮上したものですから、二人は本当に悩んでいましたよね。我南人はさっぱりあてになりませんし、勘一は最後には抛《ほう》り出して終わりですからもっとあてになりません。

そうやって考えるとねぇ、本当に紺はよくやっていますよ。我が家では一番存在感のない人間かもしれませんが、割りと無軌道に動いていく家族をきちっと軌道修正して後始末するのが紺ですからね。

「あれだよな」

「なに?」

藍子がいないので紺と青というコンビでカフェの方をやっているようですね。なかなかこの二人でカウンターに居るというのも味があっていいものですね。

「七回忌がいいきっかけになると思うんだ」

紺がグラスを拭《ふ》きながら言いました。

「あ、俺もそれ思ってた」

「もうそこでさ、藍子はマードックさんとイギリスに行かせるようにして、淑子さんも家に来てもらうのかどうかも決めて」

「我が家の改装計画の骨組みを決めてしまうと」

「そうそう」

改装と言いましてもそんなに金銭的に余裕があるわけではないですから、またほとんど自前で済ませるのでしょうけど。

「理想は、まず淑子さんは家に来て余生を過ごしてもらう。そのために一部屋」

「うん」

「マードックさんと藍子は当分はマードックさんの家で暮らしてもらう」

「そうだよな」

「花陽も一緒に暮らしてもらう。もし本人がこっちに居たいならそれでもいいけど、まぁどっちみち近所だから問題はないだろ」

「うん。研人もお兄ちゃんになるんだから、自覚を養うためにもいいんじゃないの？」

二人でグラスやカップを受け渡しながら話していきます。

「それでまぁ、赤ん坊が二人増えてもなんとかなるだろ」

「そうだね」

「淑子さんがどうしても一人で暮らすんだとなれば、それはまぁしょうがないけど、せめて近くに引っ越してもらうとありがたいな」

「その辺もさぁ、七回忌のときに話せばいいよ」

「だな」

片づけが終わると紺が煙草に火を点《つ》けました。

「ところでさ」

「なに」

青はコーヒーカップを手にしてこくんと飲みました。

「これはまぁ、あくまでも無駄話なんだけど」

「うん」

「あ、でもいいや」

紺が苦笑いします。

「なんだよ」

青もつられて苦笑いしますね。

「言ってよ」

「いや、いい。また今度」

青が肩を竦《すく》めました。紺が何を言おうとしたのか、まぁ大体見当はつきますけど、それはまぁどうしようもない話ですからね。なるようにしかなりませんよね。

二

その日の夜です。夕ご飯も終えて一息ついているところに隣の曙荘に住んでいる裕太さんがやってきました。この春には大学院に進んだ裕太さん。なかなか優秀な方なのでしょうね。我南人さんは、と訊くのですが、生憎《あいにく》あの男はいつも何処へ行ってるのかさっぱりわかりません。

「我南人に用事かい」

「お礼を言おうと思って」

「お礼？」

相手をした勘一が首を捻《ひね》ります。

「あの、夏樹くんがお世話になったそうなんです」

「夏樹って、妹さんの」

こくんと頷きます。あのちょっとやんちゃな方でしたね。その後どうなったか気にはなっていましたけど。

「我南人さんが、我南人さんの所属している事務所で雇ってくれるように口をきいてくれたんです」

「ほぉ」

なんでも我南人はあの後も玲井奈ちゃんのことが気になったらしく、何度か会っていたようですね。やんちゃなことをやってはいても夏樹さん、若者ですから音楽が大好きらしく、我南人のこともよく知っていたそうです。

「知り合いになれたことが相当嬉しかったらしくて」

我南人に認められたくて一生懸命真面目《まじめ》に働いていたそうですね。その様子を見て我南人は自分の事務所のアルバイトに推薦したとか。

「へぇ。紺、聞いてたか？」

「いや、初耳」

「今月になって試用期間が過ぎて正社員になれたそうなんです」

「ほぉ、良かったじゃねぇか」

裕太さん、嬉しそうに頷きます。

「まぁしかし正社員になれたってのはあの若造の頑張りだろうよ。我南人にお礼なんか言うこたぁねぇな。ますますつけあがっちまうぜ」

そう言いながらも勘一も嬉しそうですね。一緒に話を聞いていた紺も青も苦笑いしています。

「それで、妹さんとお母さんは？　どうなの？」

紺が訊きました。裕太さんは少し恥ずかしそうにします。

「最初は、お袋もかなり怒っていたんですけど、やっぱり孫の小夜ちゃんの顔を見るともう」

いろいろあったにせよ初孫ですよね。そりゃあ可愛いと思いますよ。

「まだ一緒に暮らすってとこまでは行きませんけど、そのうちに」

「そうか」

「はい。夏樹くんも正社員として落ち着くことができたら、お袋と一緒に暮らしたいって。彼はもうお父さんもお母さんもいないんで」

それは良かったですね。きっとこの後もいろいろあるでしょうけど、そうやって皆が皆のことを気に掛けていればいつかはうまく行くものですよ。

「あの」

裕太さん、ちょっと気まずそうな表情をします。

「なんだ」

「それはそれでとても嬉しいんですけど、ちょっとだけ不思議で」

「不思議？」

こくんと裕太さん頷きます。

「我南人さん、優しい人だっていうのはわかるんですけど、どうして玲井奈のことをそんなに気にかけてくれるのかなって」

勘一が、がははと笑いました。

「巷《ちまた》じゃ女好きでも有名らしいからなぁ、いくら六十の爺《じい》さんでもお兄ちゃんとしては妹が心配だわな」

「いえ、そんなんじゃないですけど」

勘一が、うむ、と頷いてお茶を一口飲みました。

「まぁ、あれだ。思い出しちまったんだろうさ」

「思い出した？」

「玲井奈ちゃんはよ、あいつの死んだかみさんの若い頃によく似ているのさ」

あら、やっぱり勘一も気づいていましたか。

「奥さんに？」

そうだなぁと勘一が腕組みします。

「ちょうど我南人と出会ったときと年の頃もおんなじさな。秋実さんってのが名前だけどよ、秋実さんも随分やんちゃをしててな。あちこちふらふらして、まぁ玲井奈ちゃんとよ、おんなじようなことをやってた」

「そうなんですか」

にこっと勘一が笑います。

「なんかいろいろ思うところもあったんだろうさ。心配しなくていい。秋実さんの思い出を汚すようなこたぁ、あいつは死んでもしねぇよ」

＊

勘一も我南人も自分の部屋に引っ込んでいった後、紺がちょっと〈はる〉さんに行ってくると言って出かけていきました。青にも目配せして一緒に出て行きましたね。

さてなんでしょうか。ちょっとわたしも一緒に行ってみましょうか。暖簾《のれん》をくぐりますと、真奈美さんが「いらっしゃい」と笑顔で迎えてくれます。あら、藤島さんが一人で飲んでいらっしゃいますね。コウさんも相変わらず無愛想な表情で頷きます。

「相変わらずここが似合わないね」

青が藤島さんに言います。

「それはどういう意味かしら？」

真奈美さんが笑いながらおしぼりを差し出しました。まぁ確かに藤島さんはこういうお店よりはワインとかフランス料理とかが似合いますよね。

「それは偏見だよ」

藤島さんも苦笑いします。青と藤島さんが並ぶとまるで俳優さんがドラマのロケでもしているようですよね。サッカーで鍛えた青と違って藤島さんは線が細いのですけど、年齢も近いですし割りとこの二人は気が合うみたいですよ。

真奈美さんも二人が並ぶと眼の保養になるわぁと嬉しそうです。

「すいませんね一人だけおじさんが居て」

「あら」

紺の冗談口に真奈美さんが応《こた》えます。

「紺ちゃんみたいな人畜無害の普通の人が居るから、青ちゃんや藤島さんの存在が引き立つのよ。立派に存在価値があるから安心して」

「そりゃどうも」

コウさんがお通しです、と小鉢を差し出しました。

「柿《かき》の白和《しらあ》えです」

柿が苦手な方には別のものを、と言いましたけど三人とも好きですよね。

「今日、藍子さんに会ってきたんです」

藤島さんが紺のお猪口《ちょこ》にお酒を注《つ》ぎながら言いました。

「藍子に？」

青が箸を口にくわえながら首を傾けます。

「それは、店でじゃなくて？」

藤島さんが頷きました。

「精一杯の見栄を張れる場所で口説いてみたんですけど、フラれました」

あら、まぁそうですか。紺と青が眼を合わせました。真奈美さんもちょっと小首を傾《かし》げて小さく微笑みました。

「というのは、冗談なんですけどね」

「なんだよ」

「いや、会ったのは本当なんです」

そうですよね。確かに会っていました。

「今度、七回忌があるそうですね」

「うん。母さんのね」

「それが終わったらもう、イギリスに行った方がいいですよって言ったんです」

まぁ。紺と青が顔を見合わせました。

「皆そう思ってましたよね？」

「まぁそりゃね」

紺が言って青も頷きます。

「七回忌が終わればすぐに亜美さんやすずみさんの出産ですよね。そうなるとまたイギリスに行けなくなりますから」

皆同じことを考えているんですね。

「それ以上のんびりしてると僕はもう我慢しませんよって」

「あぁ、そりゃあ藍子も困るな」

紺が笑います。

「年下の金持ちのいい男に四六時中ずっと言い寄られちゃあねぇ」

「いやその方がいいんじゃないの？」

青の軽口に真奈美さんも頷きます。

「藤島さん、なんだったら私が藍子さんの代わりに」

「考えておきます」

皆の笑い声が響きます。

「でもそうなると」

紺です。

「いよいよ藍子も結論出すかな。家族に言われているうちは適当にごまかせるけど」

「藤島さん、そう言いながらもけっこうマジで迫ったんでしょ」

苦笑いしながらこくんと頷きました。そうなると、七回忌が終われば藍子の口から何らかの意思表示はあるでしょうかね。


日曜日の朝です。いつもよりちょっとだけ皆が寝坊して起きだしました。今日は店の準備もいらないですから、その分余裕を持って皆が準備していますね。

いつも賑やかな食卓も心なしか皆がしんみりと、いえそれは言い過ぎですか、ちょっとだけ静かだったような気もします。

「おはようございまーす！」

元気の良い声が聞こえて紺が玄関に出てみますと、立派な花束を花屋さんが持ってきています。秋実さんの好きだった黄色い花がたくさん。紺が抱えて居間に持ってきました。

「すげぇな」

「藤島くんからだよ」

「あいつめ、気ぃ使いやがって」

「金も使ったねぇ」

いつもは勘一が寝起きしている仏間がきれいに片づけられて、仏壇の周りも掃除をしました。もっともこの仏壇に位牌《いはい》があるのはわたしやら義父やら義母やらの御先祖さまだけなんですけどね。秋実さんの写真を出してきてそこに飾ります。

その他にも祐円さんやマードックさんもお花を届けてくれました。きれいですね。地味な和室が華やかなまるでお花畑のようになりました。いつも明るく元気だった秋実さんの笑顔のようです。

我南人の事務所からはなんですか我南人がリクエストしたというケーキが届きました。まるでクリスマスのようですけど、まぁこれも秋実さんと我南人の趣味ですからね。しんみりしたことはせずに、集まった皆で楽しく美味しいものを食べてもらおうということでしょう。〈はる〉さんの真奈美さんもいろいろとお料理をお重に詰めて持ってきてくれました。コウさんが腕を振るってくれたようです。ありがたいですね。

「ごめんください」

脇坂さんご夫妻の声が聞こえてきました。亜美さんに言われていたのか堅苦しい喪服ではなく普段着です。マードックさんに祐円さん康円さん、茅野さんに藤島さん、そして淑子さんもお手伝いの方に付き添われて来てくれました。家族以外の皆にはまだ紹介できていない人もいますから、ちょうどいいでしょう。あぁ、本当に久しぶりに会った祐円さんが涙ぐんでいますよ。

がやがやと、あちこちで話に花が咲く中で、庭の真ん中に我南人が降りました。紺が椅子を持ってきて置きました。その様子を見て皆が話をやめて、そちらに注目します。我南人はステージでよく着る白いシャツにベルベットのジャケット、それにいつもの真っ黒なサングラスです。手にはギターを持っています。いつものエレキギターではなくアコースティックギターですね。

どさっと椅子に座ると、皆に向かってにやっと笑いちらっと手を振ります。そしておもむろにピックを手にすると、ギターを弾き始めました。

最近の音楽の詳しいことはわかりませんが、我南人は歌を歌うんですが、ギターの腕前もなかなかのものらしいんですよ。綺麗な音が響きだして、わたしもよく知っている我南人のヒット曲の旋律が流れ出します。

そうですよね、この曲は秋実さんに捧《ささ》げられた曲だと聞いています。本当に仲の良い、お似合いの夫婦でしたよ。

澄みきって高い秋空の下、我南人の奏でるほんの少しセンチメンタルな調べがその空に向かって高く高く鳴り響いていきます。

天国の秋実さんにも、届いていることでしょう。わたしにはあの雲の向こうに秋実さんの笑顔が見えるような気がします。


「まぁしかし早いもんだね」

「まったくだな」

祐円さんと勘一がお茶を飲みながら話しています。座卓の上にたくさんのいただきものやお料理が並べられて、皆がそれぞれにそれぞれの場所で寛《くつろ》いで話をしています。さすがにこれだけの人数ですから、仏間にも座卓が置かれていますし、台所では女性陣が集まって賑やかに話していますね。

その他にも、ケンさんが孫の奈美子《なみこ》ちゃんを連れて仏壇に手を合わせていってくれました。昭爾屋さんや新ちゃん、裕太さんや夏樹さん玲井奈さんも来てくれましたね。わざわざありがとうございました。

祐円さんは淑子さんと昔話に花を咲かせていますね。勘一の昔馴染《むかしなじ》みで淑子さんがこの家に居た時分を知ってる人は本当に少なくなってしまいました。まだお元気な方もね、お子さんの家に行ったり施設に行ったりして離れ離れです。そういう意味では、勘一も祐円さんもまだまだ元気で生まれたこの町で過ごせて本当に幸せですよね。

我南人のバンドの皆さんもやってきてくれまして、カフェの方で即席のライブが始まりました。どうせならとお店の扉を全部開きまして、多少騒がしいですが申し訳ありませんと何曲か演奏されました。ご近所の方やたまたま通り掛かった方が楽しそうに聞き入ってくれるのが嬉しいですよね。わたしにはさっぱりわからない我南人の音楽なのですが、気に入ってくれる方がたくさんいらっしゃるというのは本当に嬉しいことです。

本当に賑やかで楽しくて、秋実さんのいい供養になりましたよ。

そろそろ日も傾きだす頃には皆さんも三々五々帰られて、家族以外ではマードックさんと茅野さんと藤島さんが残っています。淑子さんは少々体調がすぐれないと帰られました。また日を改めてご挨拶《あいさつ》しますと言ってました。

後片づけもどんどん進んで、ようやく落ち着いたいつもの時間が戻ってきました。居間に皆が集まってお茶を飲んでいます。藍子が勘一の方を見ましたね。

「おじいちゃん」

「おうよ」

「すずみさんがね」

勘一、てっきりイギリスに行く話かと思ったのでしょうね。ちょっと眼が大きくなりました。

「どうした」

「〈呪《のろ》いの目録〉の話を聞きたいって」

皆があぁ、という顔をしました。〈呪いの目録〉ですか。そうですね。ただでさえしたくない話なのですけど、そろそろねぇ。

「いつまでも蔵の中のあれだけは触らない方がいいなぁ、じゃ納得できないでしょ。家族なんだし」

「まぁ、そうだな」

なんでしょう、茅野さんの眼が輝いてますね。

「ご主人、それはもしかして噂《うわさ》の」

「おう、茅野さんは知ってるのかい」

「それはもう。門外不出の〈東京バンドワゴン〉の目録の話ですよね」

「ゆうめい、なんですか？」

マードックさんが訊きます。

「有名も有名。古書業界で知らない人が居たらそれはもぐりか新参者ですよ」

古書店の商売というのは目録が重要な役目を果たすのですよね。要するに店にある品々のリストを書き連ね、それを市場やあるいはネットなどに出しておけば、お店に人が来なくても商いができるというものです。目録がいかに充実しているかでその店の格みたいなものが決まった時代もありました。

「大昔、まぁ近代文学の花が開いた明治大正、それに昭和の初めの頃の話と思ってくれよ」

先々代から続くこの〈東京バンドワゴン〉は若き文士達の梁山泊《りょうざんぱく》のようになっていた時代があったのです。

「文豪と呼ばれた夏目漱石《なつめそうせき》も森鷗外も、それに石川啄木《いしかわたくぼく》も樋口一葉《ひぐちいちよう》も二葉亭四迷もとにかく今で言えば大スター達がここを贔屓《ひいき》にしてくれたもんさ。そして当時の目録ってのはな、単に本のリストじゃなくて、まぁいわば今で言う文芸誌みてぇな側面もあった」

「文芸誌？」

藤島さんが興味深げです。

「作家さんにエッセイや短編やそういうものを書いてもらって、一冊の本の体裁で仕上げて出していたのさ。だからビッグネームが寄稿した店の目録ってのはそれこそベストセラーみたいなもんだ」

「なるほど。じゃあ、ここのもくろくっていうのも、そういうすごいひとたちが」

マードックさんの言葉に勘一が頷きます。

「おい紺」

「あいよ」

紺が頷いて蔵の方へ行きました。

「もくろくが、あるんですね？」

「おうよ」

勘一が腕を組みます。

「門外不出。二度と作らない我が家の目録だ。この世に存在しているのは、今はもうただ一冊切《きり》りってぇ話だ」

紺が桐の箱を抱えて戻ってきました。金庫にしまってある目録です。すずみさんの眼も大きくなりました。それが座卓の上に置かれます。

「今でこそ、こうやって持ってこられるけどよ。七年前までは誰も手を付けられなかったんだ」

「七年前？」

茅野さんです。

「それは？」

「〈呪いの目録〉と噂されてよ。金庫にしまったまんまになって、我が家の災厄の元凶って呼ばれたこいつをよ。そんな馬鹿な話はこれっきりにしましょうって持ちだしたのが、秋実さんだったのさ」

家族の皆が、頷きます。

「秋実はねぇ」

我南人です。じっと話を聞いていましたが口を開きました。

「ガンでねぇ。発見されたときは手遅れでぇ、余命二ヶ月と言われたのさぁ」

そうでしたよね。あのときは本当に眼の前が真っ暗になりました。

「それでねぇ、秋実は『いい機会ね』とか言ってねぇ。こいつを持ちだしたのさ。『私がこの呪いを全部引き受ける。こうやって禁を破った私の余命が延びれば、この呪いに勝ったってことでしょ？』ってねぇ」

「それで」

藤島さんです。我南人が頷きました。

「余命はねぇ、延びたんだよぉ。二ヶ月と言われたものを一年近くも頑張って生きてくれたんだぁ。『もう呪いは消えたわよ』って。それが最期《さいご》だったねぇ」

思い出しますね。本当に、本当に秋実さんは偉かったですよ。

「母さんはさ」

青が微笑みながら言いました。

「すごいよね。一度訊いたことがあるんだ。どうして愛人の子供の俺を引き取って分け隔てなく育ててくれたのかって」

「なんて言ったの？」

「笑ってさ、たった一言。『可愛いからよ』って。子供はみんな可愛いのよ、それだけでいいのよって」

そうですね。我南人が赤ちゃんの青を抱っこしてきて理由も何も言わずに「これ、僕の子供なんだねぇ」ですからね。秋実さんには心底感心しました。

「あの」

すずみさんです。

「秋実さんが亡くなられて、皆さんは、家族は」

藍子が頷きました。

「ひどかった」

紺がため息をついてそう言いました。

「お母さんは、明るくて元気でこの家の太陽だったの。考えてもみて？　これだけ変な人たちがいるのよ？」

藍子の言葉に皆が苦笑します。

「青ちゃんはお父さんに逆らってばかり、お父さんはふらふらしてばかり、おじいちゃんは怒ってばかり、紺ちゃんは仕事で疲れてばかり。我が家の家計は燃えさかる火の車だったし、花陽も研人もどんどん大きくなってくるし。お母さんが何もかも、それを引き受けていたのよ。お母さんが居たから、それが全部上手《うま》く回っていたの。私は、何もできなかった」

藍子が恥ずかしそうにうな垂れます。

「そういうお母さんが死んでしまって、私は記憶を無くしたようにぼーっとしていたし、お父さんは行方不明になるし、おじいちゃんはお酒を飲み過ぎたし、紺ちゃんも青ちゃんも二人で喧嘩《けんか》ばかり。まだ生きていたおばあちゃんは腰を悪くして動けなくて、花陽も研人もまだ小さくて。お店だって開いてるのか閉まってるのかわからないような日々が続いて、このままこの家はばらばらになってしまうんだろうなって」

すずみさんが驚いています。今からでは想像もつかないでしょうね。秋実さんの存在はそれほど大きかったのですよ。

「でも、それじゃあ」

すずみさんです。

「どうやって、あの、立ち直ったというか」

藍子がにこっと笑って、隣の亜美さんを見ます。亜美さんが照れてぱしんと藍子の肩を叩きました。

「亜美さん？」

藍子が頷きます。

「ある日ね、亜美さんが宣言したの。『私がここを立て直します！』って。そしてね『皆さん！　カフェを作りましょう！』って」

「カフェを」

そうですね。亜美さんは、本当にすごかったですよ。それまでは秋実さんの陰に隠れて見えなかったのですが、亜美さんもまた、太陽のような人だったのですよ。

「すずみちゃん」

「はい」

紺です。

「うちのカフェ、実は〈東京バンドワゴン〉っていう名前じゃないんだよ」

「え!?」

まだすずみさんには言ってなかったのですね。

「登記上の名前は〈かふぇ　あさん〉って言うんだ」

「あさん？」

知らない皆が訝《いぶか》しげな顔をします。藍子が続けました。

「亜美さんが決めたの。秋実の〈あ〉、藍子の〈あ〉、そして亜美の〈あ〉、おばあちゃんのサチの〈さ〉。そして〈あ〉が〈三個〉あるからあわせて〈あさん〉」

「なるほど」

「まぁ表看板が二つあるのも紛らわしいんでな。皆〈東京バンドワゴン〉って呼ぶからよ。そのまんまになっちまったけどな」

亜美さんは宣言するやいなや家中をひっくり返して図面や何かを描いていきました。スチュワーデス時代に培った人脈を使いましてね。店で使う椅子やテーブルを集めたり藍子に店に似合う絵を描かせたりとにかくもうフル回転で働いていましたよ。

「それにつられてな。皆もよ。動かなくちゃってな」

「僕もさんざん利用されたねぇ。ラジオやテレビに出るたんびに宣伝させられてぇ。ミュージシャン仲間をどんどん連れて来いとねぇ」

「やり手だったよね。そうやって親父《おやじ》には宣伝させて、そのくせ雑誌とかの取材は一切断るんだ。取材拒否してね。そうすると口コミやネットで評判が広がっていく」

「それは、やりますね」

経営者でもある藤島さんが感心しています。

「場所がこういうわかりづらい下町なら、なおさらそのやり方は効果的ですよ」

あら亜美さんはもうやめてくださいって顔を伏せてますよ。

「本当にな、まぁこういう機会にしか言えねぇから言うけどよ、亜美ちゃん」

勘一が優しい顔をして言います。

「秋実さんが死んだ後、この家が平和に暮らしてこられたのはな、全部あんたのおかげだよ。これこの通りだ」

勘一が座り直して、頭を下げました。

「お祖父ちゃん！　そんな！」

「いや。実家に勘当されてたってのによぉ、自分のことはさておいてこの家のために頑張ってくれてな。正直、亜美ちゃんには足を向けて寝られねぇってずっと思ってたのさ。なぁおい」

おい、とふられて我南人も頷きます。

「こんなさえない愚息のところにねぇ、本当にどうして嫁に来てくれたのかいまだに謎《なぞ》なんだよねぇ」

「悪かったね」

皆が大笑いします。亜美さんがちょっとだけ瞳《ひとみ》を潤ませていますよ。本当にね、わたしも生きていれば頭を畳にこすりつけたいところですよ。

「それで、あのご主人」

「おう」

「目録の話は」

「おお、そうだったな」

勘一が桐の箱の蓋《ふた》を開けました。久しぶりに見る表紙ですよ。勘一がぱらりと表紙をめくります。

「夏目漱石、森鷗外、二葉亭四迷、石川啄木、坪内逍遥、樋口一葉、島崎藤村、芥川龍之介、梶井基次郎、川端康成、まぁよくもこれだけの面子《メンツ》が揃ったっていうぐらいの面子だろうよ」

「確かに。この作家達が全員この目録に寄稿を？」

「おうよ。短編もあればエッセイもある。おまけに寄稿した全員が、目録に限りこの文章をいつ載せてもかまわねぇって署名をしてる」

「それは」

茅野さんが本当に驚いた顔をしています。

「ご主人、この目録は相当な価値があるのでは」

「いやぁ、今となっちゃあ資料的な価値しかねぇんだけどな、ある時代には売れれば豪邸が建つと言われたな。だからこそ」

勘一が渋面を作ります。

「こいつをめぐって殺人事件まで起きちまった」

「さつじん？」

勘一が肩を竦めます。

「昭和の初めの頃らしいな。俺も小さ過ぎて覚えちゃいねぇよ。ごくわずかしか作らなかったこの目録をめぐって強盗殺人事件が起きちまったって話だ。新聞にも載ったから確かなこった」

「犯人は？」

刑事さんの習性でしょうかね。茅野さんの眼が光ってるように思いますよ。

「捕まったらしい。被害者も犯人も親父の知人だったってよ。実は先々代の頃にもそんなことがこの目録をめぐってあったらしいな。だからこそ」

「〈呪いの目録〉ですか」

勘一がうむ、と頷きます。

「我が家では二度と目録を作らねぇ。親父の時代に現存していた目録もほとんどは回収して焼いて捨てたそうだ。たった一冊、〈本〉としてこの世に生まれたものを抹殺するのに忍びないってんで、封印して遺したのがこいつだ」

「そういうことだったんですか」

まあなぁ、とすずみさんを見て勘一が笑います。

「こいつの呪いはもう秋実さんが解いちまった。すずみちゃんに別に秘密にしておく必要もなかったんだけどよ。ま、なんとなくな、習慣で誰も手を付けなかったし、今まで話しそびれちまったけどよ」

すずみさん、納得したように、にっこり笑って頷きました。

「いままでは、しあわせの、もくろくかもしれないですね」

マードックさん、にこっと笑って勘一を見て、それから皆の方を見回しました。

「ぼくは、このいえにくると、ほっとします。きっとかやのさんも、ふじしまさんも、そうだとおもうんですよ。ここには、たくさんの、あたたかいものがあるとおもいます。だから、きっと、そのもくろくは、あきみさんが、しあわせのもくろくにしてくれたんだとおもいます」

まぁ、そんなふうに思ってもらえるのはありがたいことですけどね。勘一も皆も苦笑いしています。

「おだてたってこれ以上何にも出ねぇよ。と言いたいところだけどよ」

勘一がマードックさんをじろりと睨《にら》みました。

「おいマードック」

「はい」

「もうイギリスに行く用意はできてんのか。運ぶ絵とかそういうものは」

マードックさん、ちょっと驚いた顔をして頷きます。

「えらんでは、ありますす。こんぽうして、だせばいいだけですけど」

「藍子は、パスポートとかその辺はあるのかよ。いつでもイギリスに行けるのかよ」

藍子も眼を丸くして頷きます。

「一応は」

「じゃあよ、さっさと行っちまえ」

マードックさんが正座したまま飛び上がりましたよ。いえそれぐらいの勢いで背筋を伸ばしました。

「ほったさん」

「なんだよ」

「いま、なんて、いいました？」

「耳の穴かっぽじってよく聞きやがれ。二度と言わねぇぞ。さっさとイギリスに行って帝釈天《たいしゃくてん》でも弁財天でもしてこいって言ったんだよ」

「ににんてんです」

「洒落《しゃれ》だ馬鹿野郎」

洒落にもなってませんね。

「もうそんなことを言い出して一年以上経つんだろ。藍子だって秋実さんの七回忌がこうやって終わったんだから気が済んだろ。これで亜美ちゃんとすずみちゃんの赤ん坊が産まれてみろ。またバタバタするんだからよ。明日でも明後日でもいいからとっとと行ってこい」

マードックさんが藍子の顔を見ました。藍子は、たぶんもう決めていたのでしょうね。にっこりと微笑みました。

三

さすがに明日明後日ってわけには行きませんよね。マードックさんと藍子がイギリスに出発するのは、秋実さんの七回忌から四日後になりました。

とはいえ、何か特別にバタバタするということもなく、藍子がちょっとイギリスに旅行に行く、という雰囲気で準備が進んでいきました。向こうで個展をする分の絵を梱包《こんぽう》したりなんだりというのは、いつもの古本屋の発送作業と変わりませんから、特別なことをしているという感じもありませんし、海外旅行も青がしょっちゅうやってましたから必要なものは全部揃ってますしね。

ただもう藍子が身体《からだ》ひとつで行けばいいというだけの感じです。カフェの方も藍子が居ない間は青や紺が入ればいいだけの話ですから、なんですか今までなんだかんだと心配していたのが馬鹿らしくなるぐらい拍子抜けです。

「結局さぁ」

研人です。明日の朝には藍子が旅立つという日の夜。二人でベッドの上と下で何やら話していますね。

「なに？」

ベッドの下の方で本を読んでいた花陽が答えます。

「花陽ちゃんのお父さんはマードックさんになるんだね」

「そうだね。たぶんね」

「藤島さんもいいなぁと思ったんだけど」

「バカ」

「なんでバカ？」

研人が身を乗り出して下の花陽を見ます。

「お母さんはずっとずっと前からマードックさんのことが好きだったんだよ。藤島さんの入る隙間《すきま》なんかなかったよ」

「なんでわかるの」

口を尖《とが》らせて研人が訊きます。花陽がくすっと笑いましたよ。あぁなんですかその笑い方、藍子にそっくりになりましたね。ちょっと大人びた表情ですよ。

「女のカン」

まぁ、そうですか。研人がわかんねーと叫んで布団をばさっと掛けました。なんでしょうそういう台詞《せりふ》が口に出るようになりましたか花陽も。

男の子は男親の背中を見て育つと言いますが、女の子はあれですよね、何かを見なくても感覚で女性になっていくのでしょうね。

台所では藍子が亜美さんとすずみさんと一緒に明日のカフェの方の下準備をしていました。

「藍子さんもういいですよ」

「あ、これだけ」

そういえばすずみさんもお母さんの顔になってきましたよね。うちに来たばかりの頃はまだ可愛らしい女の子の顔でしたけど、お腹に子供が居るというだけでやはり変わってくるものですよね。

三人で台所のテーブルでイギリスのお土産《みやげ》の話を始めました。その三人の会話を聞くともなしに居間で紺と青が聞いています。

「ま、これで大きなイベントは終わると」

「そうだな。結婚式とかどうするのかね」

「それはもう二人で決めてもらえばいいことだから。案外婚姻届を出して終わりとかさ」

「あの二人ならそんな感じかな」

帰ってきたら皆でどこかへ食事にでも行こうかと紺が言います。あぁそういうのもいいでしょうね。全員で外で食事なんて滅多にないことですし、二人の新しい門出をそれでお祝いしてもいいのでしょう。


翌日の朝です。

いよいよ藍子がイギリスに発つ日。期間は一ヶ月ということです。マードックさんはなんですか絵をたくさん送る関係で先に空港に行って待ってるそうですよ。

いつものように朝ご飯の準備をして、いつものように皆で賑やかに食事をしてそれが終われば藍子に「行ってらっしゃい」です。

勘一が上座に座り込んで新聞を読んでいます。研人がまたチラシを見ていますね。庭先で遊んでいたアキとサチが何かに反応して、ワン！　と一声吠《ほ》えました。玄関の方を見ていますから誰か来ましたか。こんなに朝早く。

案の定、ガラガラと音がしまして「ごめんください」という男の方の声が響きました。ちょうど二階から降りてきた紺がそのまま玄関へ向かいました。「あれ？」という声が聞こえてきました。

あら、茅野さんじゃありませんか。何やら深刻そうな顔をしていますよ。後ろには何人かの背広姿の方が居ますが、なんでしょう、少し剣呑《けんのん》そうな顔をしていますけど。アキとサチがまた吠えています。今度は玄関の方じゃないですね。裏口の木戸の方にも吠えています。まぁこちらにも背広姿の方が？

「じいちゃん」

「おう」

呼ばれて勘一が玄関に向かいます。

「なんだ茅野さん。朝っぱらからどうしたい」

たくさんの方が来られた気配はわかりますからね。皆が居間の方で何事かと耳を澄ませています。我南人と青と藍子も玄関の方へ向かいました。

「ご主人、朝早く大変申し訳ないんですが」

茅野さんの様子や後ろにいらっしゃる方の様子で勘一も眉間《みけん》に皺《しわ》を寄せました。

「何があったんでぇ」

「これを、見ていただけますか」

茅野さんがポケットの中からビニール袋を取りだしました。その中に何か紙切れのようなものが入っています。

「こいつは」

訝しげに見た勘一の眼が丸くなりました。まぁこれはうちの検印じゃないですか。うちの本には全てつけるものですよね。〈東京バンドワゴン〉の店印も押されていますが、相当古いものですね。

「茅野さんよ、こいつをどこで」

勘一の眼が真剣です。紺の表情も険しくなっていますよ。

「お察しかと思いますが、後ろの方々は私の後輩たちです」

警察の方ですか。皆さんが表情を硬くしたまま頭を下げました。勘一たちも小さく頷きそれに応えます。

「昨日、都内で起きたある事件現場に、これが落ちていました」

「なんだって？」

まぁ。

「私から、この店の名を聞いて知っていた奴《やつ》が私のところに電話を掛けてきましてね。ちょっと見てほしいというので確認したんですが」

勘一がうむと頷きます。

「茅野さんよ」

「はい」

「立ち話もなんだ。ちょいと入りなよ」


慌てて朝ご飯を台所のテーブルの方へ移しました。子供たちと女性陣は滅多に閉めない境目のガラス戸を閉めて、朝ご飯を始めますが、落ち着かないですよね。ガラス戸の向こうから聞こえてくる声に耳を澄ませます。居間の座卓には勘一と我南人と紺と青、それに茅野さんともう一人の刑事さんが着きました。

テーブルの上にはビニール袋が置かれています。

「ご主人、この検印、普通のものじゃないですよね？」

茅野さんが言います。勘一がうむ、と頷きました。

「先日見せていただいたこの店の目録、あの奥付に貼《は》られていたものと同じじゃないかと思ったのですが」

「紺」

「あいよ」

勘一が言うと、紺が立ち上がって蔵の方へ行きました。目録を持って戻ってくるまでの間、誰も何も言いませんでした。

「はい、じいちゃん」

勘一が桐の箱を開けます。手袋をして、目録を開きます。

「この通り、あんたの言う通り、その検印は目録のためだけに作ったもんでよ。うちではこの目録以外に貼ったことがない。うちには残っていねぇよ」

刑事さんも覗《のぞ》き込んで確認します。茅野さんと眼を合わせて頷きました。一体どういうことなんでしょう。

「ある事件って」

紺が訊きました。茅野さんが頷きます。

「まだ何もわかっていないのですが、現段階では強盗殺人未遂かと」

「殺人」

青が驚きます。茅野さんが慌てて手を広げました。

「未遂です。被害者は病院で手当てを受けています」

「するとぉ」

我南人です。

「その人の家が荒らされていてぇ、その人が重体でぇ、まだ事情を訊けなくて犯人は誰だかさっぱりわからないし何を取られたのかもわからないけどぉ、状況からして強盗だろうってことだねぇ？」

我南人の言葉に茅野さんも一緒の刑事さんも頷きます。

「そういうことです」

「で、現場にこれが落ちていて」

紺が言いながらちらっと庭を見ました。

「茅野さんがわざわざ確かめにたくさんの刑事さんと来たってことは、俺たちを任意同行して事情聴取をしたいと。ついでにこの目録も参考資料として押収したいと」

茅野さんがふぅ、と溜息《ためいき》をつかれました。

「さすがにお話が早い。ご主人、誠に申し訳ないんですが、そういうことです」

「あれだねぇ、ついでにこの検印がこの家に残っていないかどうかも家捜《やさが》ししたいんじゃないのぉ？　捜査令状まで用意してきたとかぁ？」

「いや！」

慌てて茅野さんが首を振りました。

「とんでもない！　そんなことは私がさせません！」

きっ、とまなじりを強くしました。

「そもそもまだ令状を取れるような段階じゃありません。引退した私がこうやって出張《でば》ってきたのも、この家の事情をよくわかっていてちゃんと捜査本部に説明してきたからです。失礼のないようにと」

勘一が腕組みしました。

「それでも、まぁ警察の旦那方《だんながた》も仕事だわな。現場にこれが落ちていたんじゃあ、そりゃあ事情を訊かれてもしょうがねぇやな。騒いでもしょうがねぇ」

大きく溜息をつきました。

「ま、最後の厄落としだと思えばいいってもんだ。いいぜ、せっかくたくさんでおいでなんだ。家捜しでもなんでもしてくれ。その間に俺たちは警察署であれこれ根掘り葉掘り訊かれた方がいっぺんで済むってもんなんだろ？」

そう言われて茅野さん、渋面を作ります。

「おい、青、警察の皆さんに家に入ってもらえ」

「うん」

青に呼ばれて外で待機していた方たちが庭の方に入ってきました。全部で六人ですか。もうすっかりその気だったんですね。勘一がどっこいしょと立ち上がって縁側に行き、そこにどっかと座り込み皆さんに向かい合いました。

「警察の旦那方よ」

皆さんが訝しげに勘一を見ます。

「痛くもねぇ腹ぁ探られんのは大っ嫌いだからよ。普段ならあんたらの尻を蹴《け》り飛ばして追いだすところだがな、今日は孫の門出の日だ」

藍子のことですか。もう台所の引き戸は開けられて皆が顔を出しています。

「怒らねぇで大人しくしといてやるからよ、その代わり」

勘一がちらっと亜美さんやすずみさんを見ました。

「家にはよ、ご覧の通り身重の母親が二人も居るんだ。いいかてめぇら！」

突然勘一が大声で怒鳴ります。警察の皆さんが一瞬怯《ひる》みましたよ。

「紳士的にやれよ。ちょっとでもこの家で騒いで胎教に悪いことをしてこの二人になんかあってみろ。てめぇら全員首根っこ引っ捕まえて奥歯ガタガタ言わせて二度と飯を喰《く》えねぇ身体にしてやるからなぁ！　よっく覚えておけ！」

勘一の啖呵《たんか》が庭に響き渡りました。まぁきっとご近所に聞こえましたよ。それにしても勘一のこんな怒鳴り声を聞いたのは何年ぶりでしょうね。茅野さんが大きく口を開けた後に、思わず苦笑していますよ。

「さぁて、わかったら行こうかい茅野さん。女子供は関係ねぇからいいだろ。男たちだけで」

勘一が立ち上がってさっさと玄関に向かいます。我南人も青も立ち上がりました。

「あ、そうそう」

紺です。同じように庭に居る警察の方に言います。

「蔵の中にある本の中には、一冊であなた方の年収分にも相当する古書もありますから、どうぞお気をつけて」

にやっと笑って玄関に向かいます。まぁ紺もなかなか言うものですね。玄関から勘一の藍子を呼ぶ声が響きました。

「はい！」

藍子が慌てて走ります。勘一が玄関先でにこっと笑って言いました。

「そういうわけだからよ。見送れねぇけど、心配しないでとっととイギリスへ行けよ」

我南人がポンと藍子の肩を叩きました。

「大丈夫だねぇ、すぐに帰ってくるから」

紺も青も笑います。

「お土産に欲しいものはあとでメールするから」

「気をつけてね」

藍子も笑って頷きます。まぁそうですよね。別に悪いことは何もしてませんから、あれこれ話を訊かれて午前中には戻ってくるでしょう。茅野さんもついていますからね。心配いりませんよ。

それにしても強盗なんてねぇ。検印が落ちていたということは、やはり我が家の目録が何か関係しているのでしょうか。現存しているのはもう何十年もの間、我が家にある一冊切りだと思っていたのですが。

さぁどうしましょうか。単なる事情聴取ですから勘一たちにはついていかなくてもいでしょうね。男が四人も一緒なんですから。女子供だけになってしまった我が家の様子を見ていましょうか。

残られた刑事さんたち。勘一に怒鳴られてちょっと気まずい顔をしていましたけど、中でも一番背の高い方が一度咳払《せきばら》いをしました。

「ええと」

藍子が応対します。亜美さんもすずみさんもお腹が大きいし、後は心配そうな顔をしている花陽となんですか刑事さんと聞いて妙にわくわくした顔をしている研人ですからね。

「はい」

「大変ご迷惑をお掛けして申し訳ないんですが、これも仕事ですので」

ぴょこんと頭を下げます。年の頃なら藍子と同じぐらいでしょうかね。四角い顔に短く刈った髪の毛がどこか勘一を連想させます。

「神奈川と申します」

「かながわさん？」

「はい、神奈川県と同じ神奈川です。茅野さんとは長い間一緒に仕事をさせていただいてました」

「あら、そうですか」

少しばかり緊張していた藍子の顔が綻《ほころ》びます。

「では、始めさせていただきます。お尋ねしたいことは訊きますので、それ以外は何もおっしゃらなくて結構ですので」

「わかりました」

神奈川さん、こくんと頷きます。

「まず、普段使ってらっしゃる検印がある場所はどこですか？　場所を指し示していただくだけで結構です」

「こちらです」

藍子が古本屋の方へ行きますと、神奈川さんともうお一方がついていきます。

「この机の引き出しです」

「ここ以外に検印を保存しておく場所は？」

「ありません」

「検印を作る印刷会社などは？」

「ありません」

「ない？」

そうですよ。あれは我が家で手作りですからね。

「紙だけは買ってきますけど、あとは全部手作りです。判子も何もかも」

「それは昔からですか？」

「開業当時からと聞いています」

神奈川さんがまた頷きます。

「鍵《かぎ》が掛かっていて我々に開けられないものなどはありますか？」

「蔵の中にある金庫だけです。鍵はやっぱりその引き出しにあります」

「わかりました。おい」

神奈川さんの指示で、お三人が鍵を持って蔵の中へ、お一人が引き出しを調べ始めます。もうお一人は居間にある茶簞笥《ちゃだんす》などの引き出しから、調べ始めました。さすがにてきぱきしていらっしゃいますね。

皆が不安そうに見つめる中、三、四十分も経ったでしょうか。

「お母さん！」

台所にいた花陽の声が響きました。古本屋の方で神奈川さんと一緒に作業を見ていた藍子が慌てて飛んでいきます。まぁ、すずみさんが。

「すずみちゃん？　大丈夫？」

「ごめんなさい、ちょっと」

まぁ大変です。緊張感の中で産気づいてしまったようですね。藍子と亜美さんが顔を見合わせました。

「大丈夫よ。落ち着いてね。なんともないから」

藍子が神奈川さんの方を見ます。

「神奈川さん、産気づいてしまったようです」

「産まれるんですか!?」

藍子が頷くと神奈川さん、慌てます。男の方は慣れないですから。

「じ、じゃあ救急車を！」

「大丈夫です。お産に救急車を呼んだら怒られます。タクシーを呼んでいいですか？」

「あ、じゃあパトカーで！　おい！　西城《さいじょう》！」

西城と呼ばれた方が慌てて飛んできました。

「至急パトカーで病院まで送って差し上げろ！」

「はい！」

藍子が続けて言いました。

「すいませんが、警察に行った堀田青、という男性に連絡を取っていただけます？　お腹の子のお父さんなんです」

「わかりました。すぐに無線で」

すずみさんが用意しておいた荷物を西城さんが持って、パトカーに乗り込みます。我が家の前までは車が入ってこられませんから、パトカーは駅前通りで待機していたようです。藍子が一緒に行くわけには行きませんから、花陽がついて行くことになりました。

「花陽、頼んだわよ」

「まかせて」

辛《つら》そうにしているすずみさんの手を握ります。

「すいません、藍子さん」

「大丈夫！　何も心配しないで！　青もすぐに病院に行かせるから！」

神奈川さんと藍子がパトカーが走りだすのを見送ります。まぁサイレンまで鳴らしてくれましたよ。

「大丈夫でしょうか」

神奈川さんが心配そうに訊きました。

「大丈夫です。ちょっと予定日には早いけど」

そうですね。破水とかもしてませんでしたし、痛がり方も普通の陣痛のようです。あら？　刑事の方がお一人走ってきましたよ。

「神奈川さん！　もうお一人の妊婦の方も！」

「ええっ!?」

まぁ亜美さんもですか？　つられたんでしょう。病院でも隣り合ったベッドの妊婦が続けて産気づくなんて話もよくありますよね。慌てて藍子たちは家に走ります。

亜美さん、さすがに二回目ですね。自分で誰かに指示して荷物を持ってきてもらったようです。

「ごめん、藍子さん。つられちゃったみたい」

痛そうに表情が歪《ゆが》んでますね。

「大丈夫だって」

「今度は僕が行く！」

研人が手を上げます。困りましたね。研人一人がついていっても亜美さんに余計な心配をかけるばかりですよ。藍子はここに残らなければならないでしょうけど、それより何より藍子はもう空港に行かなければならない時間ですよ。どうしたらいいでしょうね。

何にもできないこの身がうらめしいです。

壁の掛け時計を見て亜美さんが言いました。

「藍子さん、空港へ行かなきゃ」

「でも」

「私は、大丈夫。あっ」

「亜美ちゃん？」

まぁ亜美さんが崩れ落ちてしまいました。いけません。藍子の目付きが変わりました。

「神奈川さん!」

「はい!」

「もう一台パトカーありましたよね」

「あ、はい」

「すぐ病院に行ってください!」

「はい!」

藍子が研人の方を見ます。

「研人」

「うん」

「いい? あなたはここに残って、大じいちゃんたちが帰ってくるまでこの家を守って! できるわよね? 男の子!」

家を守る、と言われて研人の眼が輝きました。

「オッケー!」

「よし」

藍子が研人の頭を撫《な》でます。

「行きましょう神奈川さん!」

「はい！」

二人で亜美さんを抱きかかえるようにして玄関を出ていきました。大丈夫でしょうか。まぁ研人は一人残されても、周りにいるのは警察の方ですからね。問題ないでしょうけど、藍子が空港に間に合いませんよ。あっちではマードックさんが藍子が来るのを待っているのに。あら、研人が何かを思いついたように電話に飛びつきましたよ。なんでしょう。取りあえずわたしは病院の方に行ってみましょうか。

藍子と亜美さんが乗ったパトカーが病院に着きました。あぁ藍子と警官の方が亜美さんを抱きかかえています。大丈夫、ここまで来れば安心ですよ。亜美さんがあの寝台の動くやつに乗せられて運ばれていきました。

「それでは、本官はこれで」

パトカーを運転してくれたお巡りさんが挨拶をして、帰っていきました。藍子も頭を下げてお礼を言います。妊婦を二人もパトカーで運んでもらったのは日本広しといえどもうちぐらいではないでしょうか。

それから十分もしたでしょうか。ロビーで待っていた藍子が処置室の方へ歩いていきます。あぁ、担当の先生ですね。すずみさんも亜美さんも同じ先生に診てもらっています。

「大丈夫ですよ。少し早いですけど。二人ともこのまま出産に入ります」

「よろしくお願いします」

「藍ちゃん！」

あら、青です。紺も一緒ですね。どうやら同時に警察の方を出たのでしょう。藍子が両手を拡《ひろ》げて、大丈夫、というふうに二人を落ち着かせます。

「大丈夫。心配ないわ。ちょっと緊張したせいで早まっただけ」

「問題ないの？」

藍子が大きく頷きます。

「先生も問題ないって。だから安心して」

紺も青もホッと一息つきました。でも、紺がまた慌てた顔をします。

「いや、大丈夫じゃないのは藍子だよ！　もうとっくに空港へ行ったと思ってたのに！」

「そうだよ！」

青が腕時計を見ます。

「間に合わないよ！」

そうなんですよね。今から家に戻ってそれから電車に乗って、あぁ国際線ですからね。搭乗手続きにはとても間に合いそうもありません。

「大丈夫」

「大丈夫って」

藍子がにこっと笑います。

「イギリスが逃げるわけじゃないし。こんなことになっちゃったんだから、マードックさんも許してくれる。電話しなきゃ」

紺が何か言おうとして、藍子の顔を見たとき、視線がそのまま後ろに行きましたよ。あら、まぁ。

「藤島くん！」

そうなんですよ。藤島さんが居るんです。ニコッと笑って言いました。

「まだ、間に合いますよ」

右手を上げて、そこには車のキーがあります。

「どうしてここへ？」

藤島さん、うん、と頷いて言います。

「研人くんから電話をもらいまして」

「研人から？」

「一大事だからポルシェをかっ飛ばして今すぐ来いって。男の心意気を見せるチャンスだぞってね」

「じゃ」

「家に寄って藍子さんの荷物は積んできました。すぐに空港に向かいますよ」

「でも」

藍子がためらいます。

「ご心配なく」

藤島さんがまた笑顔を見せます。

「これでもねA級ライセンスを持っているんです。しかも免停になって車が運転できなくなっても、僕には運転手が居るんですよ」

イヤな男でしょう？　と藤島さんが笑いました。紺と青が苦笑いします。

「さすがだね」

「かなわないね」

「行きますよ藍子さん！　ぶっ飛ばします」

藤島さん、藍子の手を引っ張って小走りに走っていきました。藍子は強引に引っ張られて紺と青に手を振るのが精一杯ですね。

二人に向かって軽く手を振って、紺が言います。

「あいつ、ここぞとばかりに藍子の手を握っていったな」

「最初で最後なんじゃない？　なんだったらハグするぐらい許してやろうよ」

「だな」

＊

「へぇぇ、そんなことがねぇ」

新生児室のガラスの前で、勘一がにやりと笑います。

「で？　間に合ったんだろうな？」

「もちろん、って藤島くんが言ってたよ。ここから成田まで三十分だったってさ」

「さんじゅっぷん？」

我南人も驚きます。いったいどれほどのスピードでどんな道を行けばそんなに早く着くんでしょうか。

「空飛ぶ車だねぇそりゃあぁ」

「でも」

青が笑います。

「成田に着いたときにはパトカーが三台後ろからついてきたってさ」

「本当かよ」

「罰金は後から店に請求しますって言ってたよ」

勘一がからからと笑います。

「まぁ世話かけたんだから払ってやってもいいけどよぉ。こっちのお祝い金で相殺《そうさい》になるんじゃねぇか？　えぇおい、可愛いじゃねぇか。亜美ちゃんとすずみちゃんにそっくりだなおい」

勘一が指さす方向には産まれたばかりの赤ちゃんが並んでいますよ。亜美さんもすずみさんも頑張りましたね。

研人に可愛い妹ができました。そして、可愛い従妹《いとこ》もできて、なんですか我が家はますます女性が強くなっていきそうですね。

四

藍子とマードックさんが無事出発して、亜美さんとすずみさんが無事出産した日から六日が経ちました。明日には赤ちゃんと一緒に帰ってきます。名前を付けないといけないのですが、お父さんである紺と青はまだ決めかねているようですね。いずれにしても明日までには決めるそうですよ。

「ご主人」

あら、茅野さんがやってきました。あぁ確か神奈川さんでしたね。お産のときにお世話になった刑事さんです。勘一もそのことは聞いていますよ。

「迷惑を掛けちまったみたいでな」

勘一の言葉に神奈川さん、恐縮します。

「いえいえ、元はといえば我々がお邪魔したのが、その、お産を早めてしまったかもしれないわけですから」

「まぁ実はそう思ってたんでな。今のは一応社交辞令だ」

茅野さん、苦笑します。神奈川さんはまだ慣れていないでしょうから、眼をぱちぱちさせていますよ。

「何にせよ曾孫《ひまご》も無事に産まれたことだし、終わり良ければ全て良しってな」

「いやそれは本当に何よりです。ところで」

茅野さんが帳場の前に置いてある丸椅子に座りました。

「ご迷惑を掛けた強盗の件ですが」

「おうそれよ。どうなったんでぇ」

茅野さん、うむと頷きます。

「被害者の方がね、何とか一命を取り留めましてね」

「そりゃあ良かった」

「それで証言を取ることもできまして、まぁ犯人もあっさり判《わか》りまして」

「そりゃ益々《ますます》良かったじゃねぇか。俺たちも無罪放免ってわけだ」

神奈川さんが苦笑します。

「残る問題はこちらの検印だったわけなんですが」

茅野さんの目配せに、神奈川さんが背広の内ポケットから写真を取り出しました。勘一が、お、と声を上げました。

「うちの目録じゃねぇか」

「お借りしたこちらのものじゃありません。被害者の家にあったものです」

勘一がへえぇと感心します。

「まだ他にも残ってたかい」

「そのようですね。ただまぁ今回の事件は別にこれが原因ではなくてね。犯人がたまたま大事そうにしまってあった古そうな本なので事のついでに持っていったと」

「そのときに乱暴に扱ったので検印がはがれて落ちたようですね」

神奈川さんが言います。

「そういうことで、これで今回の件は終わりということで、大変ご迷惑をお掛けしました」

二人が揃って頭を下げます。勘一もいやいやと答えます。

「そちらも仕事をしただけの話さ。なんてこたぁねえよ。むしろもう一冊この世にこいつがあるってことがわかっただけで収穫ってもんさ」

「そうですね」

「どうなんだい、その被害者さんってのを紹介してもらうわけにはいかないのかい」

神奈川さんがうーんと首を捻ります。

「我々が仲介するのはちょっとあれですね。事件は記事になっていますから、お名前は新聞やらネットやらでわけなくわかりますけど」

「まぁあれですよ」

茅野さんがにやっと笑います。

「私は既に引退した身ですからね。ほとぼりが冷めた頃に茶飲み話で話す分にはかまわんでしょう」

そりゃあ助かるなどと話をしていたところに、扉がからんと開けられました。勘一がいらっしゃいと言おうとした口が止まりました。あらっ、藍子じゃないですか。

「藍子！」

「おや」

「あれ？　お母さん」

ちょうど店に顔を出した花陽の声に、カフェに居た紺や青が反応します。

「藍子？」

「どうして？」

皆に名前を次々に呼ばれて藍子、ちょっと困ったような顔をします。

「ただいま」

「ただいまって、おめぇ、もう帝釈天は終わったのかよ」

「二人展」

藍子の後ろからマードックさんも顔をのぞかせました。それに、あら、その後ろにいらっしゃる外人さんは。

「ほったさん」

「マードック、なんだよ、一体どうしたんでぇ」

「あの、しょうかいします。ぼくの、ちちと、ははです」

マードックさん、なんですかとても気まずそうに紹介します。店に入ってこられたマードックさんのご両親。当たり前ですけど外国の方ですよね。マードックさんと違って豊かな金髪の男性と、豊かな銀髪のご婦人です。

「はじめまして、ウェス・モンゴメリーです」

あら、きれいな日本語で、しかもウェスさん、そう言ったと思った途端、突然店の床にぺたんと座り込んで土下座をするじゃありませんか。奥様もそれにならってまぁ三つ指をついて。勘一も紺も青も眼を白黒させています。藍子とマードックさんはまぁどうしたもんだかという顔をしていますよ？

「もうしわけ、ありませんでした！」

ウェスさんが、またまた流暢《りゅうちょう》な日本語で言いました。さてこれはなんでしょうか。

*

「するってぇと、こうかよマードック」

勘一が言います。

「二人展をやろうとイギリスに帰ったけど、それは親には言ってなかった。まぁそれは息子が仕事でやってることだから知らなくても別にいいやな」

「はい」

「ところがどっこい連れてきたのは日本でいろいろお世話になっているところの娘さんで、しかも結婚したいと思っていると言った。で、それはそれで目出度《めでた》いことだけど、おめぇの影響ですっかり日本贔屓《びいき》になってるご両親は、俺みたいな日本の頑固じじぃが男女の仲について古くさい考え方をしているのをよっく知っていると」

「そうです」

親である我南人を探せと、どこぞのスタジオに居たところを引っ張り出された我南人も帰ってきて話を聞いています。

「で、嫁入り前の娘さんを遠い外国にまで連れてくるのに、結婚もしていない親御さんに約束もしていない、そんな馬鹿な話はあるかいい年して何をやっているんだとおめぇのお父さんもお母さんも激怒して、取るものも取りあえず日本にお詫《わ》びとご挨拶をしにやってきたと」

「そうなんです」

マードックさんがしゅんとしていますよ。まぁそんなにご両親は日本贔屓なのですね。それで日本語もぺらぺらと。

「でんわしようと、おもったんですけど、そんなでんわをすると、むこうでいろいろきをつかって、かえってごめいわくになるから、すぐにいくぞって」

まぁそんなところまで気を使って。申し訳ありませんね。

「それはまぁ、ご苦労だったねぇマードックちゃん」

我南人が言います。そんなに気を使われるような親では全然ないんですけどね。

「私も一生懸命そんなことをする必要はまったくないって言ったんだけど」

藍子もどうしようもなかったという表情をします。こちらのことを気遣ってのことですから、強くは言えませんしね。

「ところでよ」

勘一が声を潜めました。マードックさんにこっちに来いと手を振ります。

「おめぇ、親は離婚したんだったよな」

ひそひそ声で勘一が訊きました。そうですよ。確かそんな話をしてましたよね。マードックさんもひそひそ声で囁《ささや》きました。

「それが、なかなおりしてしまって、いまではこのとおりなんです」

そうでしたか。まぁそれはそれで良いことですよね。勘一もうむと頷いて二人が離れます。

「それで、ガナトさん。これをいわないと、はなしがすすまないんです」

マードックさんが、ずい、と座ったまま少し下がって、我南人の正面に向かいましたよ。まさか、あれを言うのでしょうか。言わない方がいいと思うんですが。

「あいこさんを、ぼくの、およめさんにください」

紺も青も勘一も、何とも微妙な表情をして横目で我南人を見ていますね。あぁ勘一など仏頂面で首筋をぽりぽり掻《か》いていますよ。花陽も研人もどうなることかとおじいちゃんの方を見ています。

我南人は、マードックさんの下げた頭の後頭部をポン！　と叩きました。失礼ですよ。

「LOVEだねぇ」

あぁやっぱり。勘一も紺も青も小さく溜息をつきました。

「いいよぉマードックちゃん。藍子は別に僕のものじゃないからねぇ、どのようにでも好きにやってねぇ」

これですよ。紺と亜美さんのときにもこれで脇坂さんの怒りを買ったのじゃありませんか。懲りてないですねこの男は。

ところがウェスさん。我南人の言葉を聞いてそれまで緊張していたようなお顔に笑みが広がりましたよ。

「それでは、ガナトさん、ゆるしていただけるんですね？」

「許すも許さないもないねぇ。だから好きにやってねぇ」

「それでは」

ウェスさん、嬉しそうに言いました。

「けっこんしき、あげさせて、Englandにかえって、いいですか？」

「結婚式ぃ？」

勘一が声を上げて、呆《あき》れたようにマードックさんを見ましたよ。マードックさん、恥ずかしそうに苦笑しています。

秋晴れです。

我が家は揃って晴れ男晴れ女らしく、どこかへ行ったり何かをしようというときには必ず晴れますね。ありがたいことです。

よ」

「こうやって祐円ところが空いてりゃよ、いつだって結婚式ぐらい簡単にできるけど

勘一です。紋付き袴《はかま》で控室で何やらぼやいてますね。

「まぁ確かによぉ」

本当にそうですよね。どうしても結婚させてから晴れて二人をイギリスで過ごさせてやりたい、そうしなければ申し訳が立たないというウェスさんに、さすがの勘一も折れました。日本の慣習をきっちり理解した上でこちらの気持ちを慮《おもんぱか》ってのことですから、強くは言えませんよね。昨日の今日でもう結婚式です。

幸い衣装はね、近所から亜美さんもすずみさんも使ったものがそのまま借りられましたし、親族といっても我が家の者が出るだけで、イギリスから帰ってきたら改めて皆さんを呼んでお祝いの席を設けようということになりました。

びっくりしたのは亜美さんとすずみさんですよ。帰ってきた早々に「おいそのまま結婚式だ」ですからね。眼を白黒させていましたよ。産まれたばかりでまだ名前も付けてもらっていない二人の赤ちゃんをどうするのかと思いましたが、幸い祐円さんの神社は歩いて三分。何かあればすぐに連れて帰るということでお式にも同席させました。

祐円さんのところは本当に小さな神社なのですが、歴史は古くてそれはもう貴重な建造物でもあるのですよね。普段は人が立ち入ることのできない本殿も、今日は人で一杯

です。我が家の家族全員と脇坂さんご夫妻、真奈美さんと新ちゃんと昭爾屋さんも来てくれました。もちろん茅野さんも藤島さんも忙しいところを顔を出してくれました。その他にも藍子の同級生たちも、急なことだったんですが都合がついた方がいらしてくれましたよ。ありがたいですね。あら、境内の方には裕太さん玲井奈さんの兄妹に夏樹さんの姿も見えますね。小夜ちゃんもお母さんに抱っこされてにこにこしています。白無垢《しろむく》姿の藍子の綺麗なこと。マードックさんの紋付き袴も意外とお似合いですね。ウェスさんご夫妻も日本の神前結婚式に大層感激していらっしゃいましたよ。

「おい祐円、ちょっと待て待て」

全てが滞りなく終わろうとしたときに、勘一が祐円さんに声を掛けました。

「なんだよ勘さん。最後まできちっと」

康円さんが別の仕事で出払っていたので、祐円さんにお式をお願いしたのですよね。

「祝い事だからよ。ついでにこいつをそこに貼ってお祓《はら》いしてくれよ。健康第一で健やかに育てよってな」

勘一が差し出した半紙二枚を見て、祐円さん「おう」と声を上げました。にやっと笑って、神前のところにそれをぺたっと貼りました。あら、名前が決まったんですか。

「どっちがどっちだ？」

祐円さんが振り返って訊きます。

「かんなが、こっち」

紺が言いました。

「鈴花《すずか》はこっち」

青が言います。かんなちゃんと鈴花ちゃんですか。可愛らしい名前じゃありませんか。

「どういう謂《いわ》れだ？」

祐円さんがまた訊きました。

「かんなは十月に産まれたし、じいちゃんの〈かん〉を貰《もら》ってね」

「なるほど」

良い名前じゃないですか。お兄ちゃんの研人という名前ともよく響き合いますね。兄妹の名前の響きが似ているというのはいいものですよ。青が続けて言いました。

「すずみの鈴と、花陽の花を取った。すずみと花陽は姉妹だからね」

青が言います。花陽も嬉しそうに微笑みましたよ。そうですよね、すずみさんと花陽は異母姉妹。我が家で会うまでは知らない同士でしたから、やはり異母兄弟として育った青の、少しでもその絆《きずな》を深めようという心遣いもあったのでしょうか。

ついさっき、藍子とマードックさんという新しい夫婦のために祝詞《のりと》を唱えてくれた祐円さんが二人の新しい家族のために祝詞を唱えてくれました。

あら、見てください。かんなちゃんと鈴花ちゃんも、こころなしか笑っているようですよ。

秋のさわやかな風が境内を吹き抜けていきます。皆が揃ったところで記念写真を撮っています。

ところでさっきから気になっていて見に来たのですが、神社の入口のところに停《と》まっていた車の中、そっとその様子を見守っていたのは、池沢さんでしたよ。中に入っていただいても良かったんですけど。あぁ、でも池沢さん、我南人と眼が合ってにっこり微笑まれました。

いいですね、皆が新しい家族の門出を祝って、その幸せを願っているというのは、本当にいいものです。天国の秋実さんも心から喜んでいることでしょう。

*

仏間に勘一と我南人が座っています。勘一がお酒をお猪口に入れて、仏壇に置きました。我南人がそれを見て微笑みました。

「母さんも見たかっただろうねぇ。藍子の花嫁姿」

「なぁに、ちゃんと見ていたさ」

はい、しっかりと。嬉しいですよ、こういう姿になってもちゃあんと見られるというのは。紺と青がやってきました。

「おう、赤ん坊はどうだ」

二人が揃って頷きます。

「大丈夫。しっかり寝てる」

「まぁこれからが大変だわなぁ」

勘一が紺と青にお猪口を出して、お酒を注ぎます。

「藍子が片づいたと思ったらぁ、今度は赤ん坊だからねぇ。落ち着く暇はないねぇ」

「まったくだなおい。俺もよ、当分はばあさんの方へ顔を出せそうもねぇやな」

まだ結構ですよ。どうぞ元気でこちらで頑張ってください。それにわたしは向こうへ行ってませんしね。

「そうだ、さっきじいちゃん、あの事件の被害者の名前を調べとけって言ってたね」

「おうよ。あの目録を持ってるんならな。ひょっとしたら昔の関係者かもしれねぇしな」

紺が居間の座卓に置いてあったノートパソコンを操ります。

「藍子とマードックは今頃どの辺だ」

「もう着いた頃かねぇ」

「まだじゃないの？」

本当にとんぼ返りですよね。マードックさんのご両親もお元気でしたねぇ。

「ま、何にせよほっとしたぜ。これで今夜は枕《まくら》を高くして眠れるってもんだ」

「あれっ!?」

紺です。パソコンの画面を見つめて素頓狂《すっとんきょう》な声を上げました。

「なんでぇ」

「どうしたの」

「親父!」

「なあぁにぃ?」

紺がパソコンの画面を指さしながら、振り返って我南人に言います。

「池沢百合枝さんが女優を引退するって!」

「なにぃ!?」

まぁ、池沢さんがですか。引退するんですか?

「親父、知ってた?」

我南人が素知らぬふりをしていますよ。この顔は知っていた顔ですね。勘一がパソコンの画面と我南人の顔をいったりきたりして見ています。

「まさか、おめぇ」

「なんだいぃ」

「なんだいぃって、この野郎」

文字通りとぼけた顔をする我南人を勘一が睨みました。

「そりゃあおめぇの好きなようにすればいいって言ったけどよ」

「何のことかなぁ」

わからないねぇとか言いながら我南人はくいっとお猪口を傾けます。勘一も口をもごもごさせて、ええぃとか言いながらお酒を呷《あお》りました。

紺と青は顔を見合わせて首を捻りましたよ。さぁなんでしょう一体。池沢さん、まだ女優としてこれから一花も二花も咲かせられるでしょうに、どうしてまた引退なんかねぇ。なんにしても、まだ当分は騒がしい毎日が続くのでしょうか。

まだまだ、わたしもしばらくはここに居られるのかもしれませんねぇ。

あの頃、たくさんの涙と笑いをお茶の間に届けてくれたテレビドラマへ。

解　説

中澤めぐみ

小路幸也の『東京バンドワゴン』シリーズはおもしろい。

本作『シー・ラブズ・ユー』を手にしたお客様にはいわずもがな、ですよね。めでたくもシリーズ化を果たした本作をもって、古本屋を営む下町の堀田《ほった》家の物語は俄然《がぜん》おもしろくなります！

単行本で発売された二〇〇七年五月、私が担当する文芸書コーナーでは、ちょっとしたお祭り騒ぎを演出したものでした。自分で読んで、「これはいい!!」と思ったらすぐにでも売り場で大きく展開し、お客様におすすめしたくなるのが私の文芸書担当者魂。職務に忠実に、一作目『東京バンドワゴン』も「シリーズ化熱烈希望!!」と題うって張り切っておすすめしました。そのくせ当時の本屋大賞に推薦し損ねてんだから、世話ないんですが……。

佐藤多佳子さんの『一瞬の風になれ』が大賞になった年、『東京バンドワゴン』は一次投票十二位でした。おしくもベスト10入りを逃した結果を見て、「私のバカバカ！　なんで投票しとかんかったんよ……！」とうなだれ、後悔したものです。私の一票でベスト10入りしてたわけではないけど、それでも。

今となればこれも、『東京バンドワゴン』シリーズとの懐かしい思い出といえましょう。なんせ、『シー・ラブズ・ユー』が発売されたのが、本屋大賞発表一ヵ月後のことだったのだから。

「シリーズ化決定やんかー!!」

喜びました。それはもう喜びましたとも。もっと堀田家の物語を読みたいと願ってたんだもの。おまけにこれで、本屋大賞に投票しなかった罪滅ぼしができる！　いそいそと『東京バンドワゴン』を追加発注して、二作目発売間近と案内をつけてまだかまだかと待ちわびて、そうして読んだ『シー・ラブズ・ユー』。

一作目以上におもしろいやんか……っ!!

「これはバンドワゴン祭りをしなあかん！」と一気に盛り上がりました。

さぁ、どうする。何をする。もちろんＰＯＰは描くにしても、他にも何かこのおもしろさと懐かしさを伝えられるような何か、なにか、ナニカ……。

さて、話は変わりますが店内装飾に欠かせないのが、百円ショップ。文具をはじめ、季節の造花に、狐《きつね》のお面までなんでも揃《そろ》う。装飾以外にもいつもいつもお世話になってます、困ったときの百円ショップ。そんなわけで、煮詰まったらとりあえず百円ショップに行くのが私の行動パターンなのですが、この時も例にもれず材料探しへ。さほど広くはない店内をぷらぷら見てまわっていると、日本の家具小物が新発売として和雑貨とともに並んでいるではありませんか。……。ピンコーン。閃《ひらめ》きました。

「堀田家の居間を再現しよう!!」

『東京バンドワゴン』をもっとも象徴している場面といえば、物語始めの食卓シーン。年季の入った居間に鎮座する欅《けやき》の座卓を囲んで、家族が勢揃いで「いただきます」と、賑《にぎ》やかに食事をとるあのシーン。座卓の上を飛び交う家族の会話。〈**文化文明に関する些事《さじ》諸問題なら、如何《いか》なる事でも万事解決**〉をはじめとする、家のあちこちに張られた手書きの家訓。勘一《かんいち》さんが読んでる新聞。一家の一員である猫や犬たち。古き良き日本の食卓風景。

早速あれこれ買い込み（和風家具はさすがに百円ではなく、二百〜三百円でした）、家訓や新聞、本を手作りして、最後に招き猫をセットして、さぁどうだ！　完成に思わず自画自賛。

まったくの余談ではありますが、さも自分ひとりで作ったみたいに書いている手作り堀田家のお茶の間を実際に作ってくれたのは当時の文芸書サブ担当Gさん。私はさながら現場監督。この見事な出来ばえを自慢するのと宣伝するためブログに公開して間もなく、小路先生が公式HPの日記で触れてくださった折には二人して大喜びでした（ちなみにこの堀田家のお茶の間セットは新刊が発売になるたびに出す予定）。

そんなこんなで当店では祭り騒ぎになった『シー・ラブズ・ユー』。冒頭で述べたように、シリーズとして俄然おもしろくなってきています！

一巻からおなじみのご近所さんや常連さんに加え、この二巻は人の出入りがとっても激しい。というか、登場人物が増えて、堀田家とご近所さん常連さんの関係がくっきりと際立ち、バンドワゴンの世界観が磐石《ばんじやく》になったかんじがします。勘一さんの幼馴染《おさななじみ》の祐円《ゆうえん》さんや、画家のマードックさん、IT企業の若き社長・藤島《ふじしま》さんなど、一巻からおなじみの面々も健在。我南人《がなと》の後輩で幼馴染の建設会社社長・新一郎《しんいちろう》、二巻目最初の事件を思いがけず持ち込むことになった曙荘《あけぼのそう》の学生さん、板前のコウさん、目玉は勘一さんとなにやら縁のあるワケあり人物などなど、新顔さんが続々登場。そうして新しく親しくなった人たちと、前巻から登場する人たちとの縁が古本屋「東京バンドワゴン」を通して繋《つな》がり、また新しい縁が結ばれていく。その光景が、読んでいてなんとも本当に心地よいのです。そして、今回は、こーんな人物が話題の中心に……。

下町の一角、築七十年の古本屋・東京バンドワゴンで、繰り広げられる人情と下町情緒あふれる大家族物語は、日本人なら、誰でも懐かしい故郷の風景を彷彿《ほうふつ》とさせられるはず。といって、この物語の舞台はあくまでも現代、平成。堀田家の最年少・研人《けんと》くんがクリスマスに欲しがるものも、Ｗｉｉであります。そんな平成を象徴するかのように登場するのが、ご存知ＩＴ企業の社長、藤島さん。本作『シー・ラブズ・ユー』のキーパーソンのひとりです。

イケメンで芸術にも造詣《ぞうけい》が深く、絵に描いたようなお婿さんにしたい優良物件ナンバー1の藤島さん。その彼の、大変な過去を知った堀田家の面々が、なんとか彼の無茶を止めようと一肌脱ぐというのが、本作の春の出来事。今のご時勢、他人《ひと》のために手を差し伸べることはなかなか難しいもの。さびしいことですが、普通の人たちなら自分のことで手一杯のはず。でも堀田家のみんなとご近所さんたちは、仕事もほっぽりだして、藤島さんのために、一緒になって最善の道を探そうと模索します。LOVEですよ。LOVE。我南人の口癖「LOVEだねぇ」はなにも家族に限ったことじゃあない。縁があった人たちのことは、いつだって誰かが思っている、心配してる、愛している。『シー・ラブズ・ユー』のタイトルそのまんま、不純なまじりっけなしの心からのLOVEがめいっぱい溢《あふ》れる本作を読むほどに、私は「どうかみんながずっと幸せでありますように」と繰り返し、願ってしまうのです。

おっかしーなぁ。私ってば他人様《ひとさま》の幸せとか良いことばっかり聞くのが続くと、飽き飽きする性格なんなんだけどなぁ（笑）。ゴシップって楽しいじゃないですか。それでもこの作品では、一年の最後には、一家にとっての大きな幸せごとが訪れるのに、ちっとも飽きないんです。堀田家のみんながしあわせに一家揃ってるのを見るのは本当に好き。さらに、ご近所さんや常連さんたちと親しく家族ぐるみの付き合いをしているのを見ると、なぜか、安心しちゃう。なんだろう。サチさんがうつっちゃったのかしら。読むたびに、まるで自分の家族の一年間のアルバムを眺めているかのように、懐かしく幸せな気分がまったり心に広がるのです。

我南人の台詞《せりふ》に今回こんなのがあります。

「たかが本だけどぉ、いろんなドラマがあるもんだねぇ」（二三八ページ）

藤島さんの意外な過去が判明したり、サチさんでさえも知らなかった勘一さんと、ある人物との事情が明かされたり、門外不出の目録検印が強盗殺人未遂事件現場から見つかったり……。持ち込まれる古本と人、そして、創業から刻まれた時間の数だけ、ドラマが詰まってる『東京バンドワゴン』の物語には、過去にも、現在にも、未来にも見てみたい物語がいっぱい眠っています。

亡くなった我南人の奥さん・秋実《あきみ》さんが中心だった堀田家の物語とか、すっかり落着いてはいるものの藍子《あいこ》、紺《こん》、青《あお》、三姉弟《きょうだい》の若気のいたりとか、はたまた藤島さんのサクセスビジネスストーリーとか、お年頃を迎えた花陽《かよ》ちゃんの恋のお話とか、東京バンドワゴン創業時の物語とか、読みたい知りたい出来事はごまんとあります。いつか番外編で読めるかなぁ、読めるといいなぁと期待していたら、なんと、勘一さんと一家を見守る幽霊の身となったサチさんの馴《な》れ初《そ》めを描いた『マイ・ブルー・ヘブン　東京バンドワゴン』が近日（二〇〇九年四月二十四日）発売されるとか！　こちらも乞《こ》うご期待。

人を大事にして物語の幅をどんどん広げていく『東京バンドワゴン』。どうか皆さま、堀田家のみんなを末永く見守ってあげてください。そしてどうかいつもいつまでもみんなが幸せとLOVEに囲まれていますように。

（なかざわ・めぐみ　書店員・三省堂書店京都駅店勤務）

この作品は二〇〇七年五月、集英社より刊行されました。

ブックデザイン　鈴木成一デザイン室

集英社文庫

シー・ラブズ・ユー 東京《とうきょう》バンドワゴン

2009年4月25日 第1刷
2013年10月15日 第12刷

定価はカバーに表示してあります。

著 者 小路幸也《しょうじゆきや》
発行者 加藤 潤
発行所 株式会社 集英社
東京都千代田区一ツ橋2-5-10 〒101-8050
電話 03-3230-6095（編集部）
03-3230-6393（販売部）
03-3230-6080（読者係）

印 刷 凸版印刷株式会社
製 本 凸版印刷株式会社

フォーマットデザイン アリヤマデザインストア マークデザイン 居山浩二

ISBN978-4-08-746424-5 C0193